飛羽集

飛羽集

◉伊絲塔／著

聯合文叢 647

【自序】

惜羽之人

這是一本需要從頭讀到尾的書，以飛羽為軸心，旋轉，旋轉著。

將日子過成圓形，重複書寫、編織、料理、閱讀、散步、拾羽，和愛人看幾場電影、繪畫、寫稿，再去遠方旅行。

堅強的個性有根，呈放射狀。掘一把土，以手肘為半徑，燃燒灼熱的圓，我將鬼針草一一除名，保留謙遜的蕨類、惹人愛的鳳仙花、月見草，將濕潤的青苔移居廊蔭，排一圈圈迷你巨石陣，白濛濛的雨彷彿就要落下。

一行又一行，此刻的我，如蜻蜓巡視穗花舞動的冠冕，細細拔除長歪的字、植入妥貼的句子。遠方芒草成波浪起伏，雨燕呢喃，追逐阡陌時光。夕照如風車擺動光束，鳥兒在灌木叢中呼喚伴侶歸巢。

回頭再看，這是自己首次寫收藏之書，也是第一次與身為女性的自己和解、尋找最初的母親，與過去那個曾在北城長大的少女和解。

鳥始終是使者，在不同時期飄落羽毛，帶來不同訊息。

據說當一個人速度夠快，快過音速如光，那麼周遭的一切就會開始變慢，一切都會被照亮。那人可以瞬間超越所有時間，可檢視過去、現在，乃至於未來的每個微小片段，然後明白在事件與事件、行動與行動的縫隙中，有一股力量運作著。這個穿越時空之人是如此之快，快到他可以拾起每個階段的靈魂碎片；又如此之慢，周圍一切慢到他不得不反覆回到自己的心靈幽谷，好拼湊回旅程中遺失的部分，自己的本來面目。

靈魂回頭尋找他自己，像鳥兒歸巢，回到最初。

在這本書中，我用「妳」來指稱自己，跳脫身分與角色的限制，以鳥羽當鏡頭回望過去，與自己進行一場場心靈對話。每根鳥羽，折射出不同時期的文人與神話典故，也回望不同時期的自己。

本書一開始就思考克里斯蒂娃（Julia Kristeva）說的：「一個女人，就是一個故事。」因此書中的「妳」藉由收藏鳥羽，思索每個女人的「我」，從小也被教育成某個「被觀看的她者」，如美麗的鳥被圈養、觀賞，實屬被觀看的「客體」，因此「妳」不認為女人的主體已成形，故本書全程使用「妳」，來說明這個尚未形成主體的「我」，用這個第二人稱「妳」，來與鳥羽、身為女人的自己、看不見的大地之母對話，也與每個人被壓抑的陰性面對話。

這本書可說從女性收藏的視角出發，嘗試說明在台北「收藏鳥羽」這件事，以及生活在此空間邂逅各鳥羽的回憶，本書思考鳥與一己生命、與各種有情眾生的連結。透過展示、編織、組合的鳥羽藝術，交織各類詩詞、傳說與神話，呈現一個女人對鳥羽收藏的偏好與沉思。

一份好收藏，背後總有故事，故一切得從拾羽的源頭，那個離開台北城的少女說起。

若要簡短預告而不洩漏太多劇情的話，這本書的鏡頭會由〈收藏羽毛的女人〉開展，當女人是一隻鳥，收藏鳥羽就是企圖找回失落的聲音、縫補失落的羽衣。從〈麻雀女〉到〈青鸞之眼〉是麻雀變鳳凰，天真童女長成淑女的艱辛歷程，可〈烏鴉嘴〉又透露少女的鋒利、不為所動，對女身處處受限制的發言感到懷疑。〈鴻鵠之志〉轉而思考另一種性別，回望傳統文化對男性之志的塑造與剝削，〈羽衣娘〉是壓抑的陰性力量變形成恐怖的夜行鳥，

〈琉璃鳥之歌〉希冀能回到兩性和解、最初共鳴的節奏。

〈八哥記事本〉透過養育一對八哥，反思教育下的性別究竟承載什麼意義？〈金雞夢〉是對望女成鳳的變奏，反諷這個社會已變相的價值，當鳳凰女飛上高枝，卻是無枝可棲、無處可依的窘境；〈白衣釣士〉則遠遠與長安城的白居易對話，思考如今居台北也是大不易的現代窘境，〈鸜鵒的祕密〉是重新看女性對鳥的詮釋，在唐朝如何發展成另一種可能，〈領角鴞的問訊〉在歷朝男男女女，追索上下四方的鳥羽事蹟與典故後，檢視鳥羽折射出的各種書寫背後，跳脫一切身分與性別差異，去問問自己是誰?可說一層又一層，如剝洋蔥往內觀照，雖然過程會流淚，但剝去種種身分限制之後，朗現的是澄淨開闊的空。

是的，乾淨清空的自己。

當一組組鳥羽被安置、收藏、回望，旋律從獨奏、變奏，最後歸於〈捕夢網〉的合奏。於是書中的「妳」發現，當整個外在世界變動不安時，至少有個收藏可以安放自己。

正如巴舍拉（Gaston Bachelard）在《空間詩學》中思索人與居住之所的原型想像，本書透過收藏鳥羽，觀察鳥的遷徙、移動、失落、馴養，作者本身也經歷旅行、移動與失落。反觀這座城市，因每根鳥羽帶出的不同故事，也跟各種深淺議題，有了或隱或顯的連結。「妳」發現女人的主體的建立，最初如做加法，先建立邊界，再做道家減法，或佛家去「我執」的工夫，才能找回近乎無目的、無所為而為之美。「無我」不是「沒有自我」，而是空出我，與萬物合一。因此，女人的故事不再困於一己情緒、陷溺於際遇起伏的感傷，而能跳脫主客對立，超越侷限，融入自然，與天地精神同往來、與花鳥共憂樂。這個與有情眾生共舞的「妳」，由於不陷入主客二元對立，因此能看見萬物之美，看見合一的可能。

為此，收藏鳥羽這件微不足道的小事，因而深刻，可帶出另一種視野。

感恩拾起這本書的讀者，不論你是被封面的羽毛，或許是扉頁的羽之花吸引，無論如何，茫茫書海中你拾起了這本書，就像我剛在林裡拾獲飄落的鳥羽一般。鳥羽代表靈魂的頻率。拾羽時，夢中曾有個聲音告訴我：「漸層是靈魂的顏色。」

或許每個喜歡鳥羽的靈魂都與自然共振，也開始準備邁向一個新的人生階段，即便方向渾沌未明，但確實在心中聽見靈魂振翅的聲音。

泰戈爾那句美麗的詩是怎麼說的？噢，他說：「天空沒有翅膀的痕跡，而我已飛過。」

祝福所有的讀者也能找出自己的收藏故事，拾起自己的翅膀，愛惜羽毛，飛過天空。

目次

自序　惜羽之人　003

一　收藏羽毛的女人　013

二　麻雀女　039

三　青鸞之眼　063

四　烏鴉嘴　081

五　鴻鵠之志　095
六　羽衣娘　113
七　琉璃鳥之歌　131
八　八哥記事本　145
九　金雞夢　165
十　白衣釣士　185
十一　鸚鵡的祕密　205
十二　領角鴞的問訊　221
十三　捕夢網　239

【一】收藏羽毛的女人

每位瓦歐瑞尼人都有一個軀體、兩條靈魂……暫居在腦中的那個升至天上，會在雲端底部遇到一尾聖蚺。唯有當那靈魂鼻孔有穿洞且飾以最美好的羽毛，魂魄才得以進入天堂。

——魏德・戴維斯，《一條河流》

妳有個鮮為人知、異於常人的癖好：妳喜歡收藏鳥的落羽。每當朋友來訪，踏入房間總會問妳：「牆壁上那些羽毛是怎麼回事？」

不管是養過的鳥，路邊掉落的鳥羽，只要羽形完整、毛色豐盈，妳將之洗淨殺菌，然後風乾儲藏。

一根鳥羽，對妳來說不只是一根羽毛，這代表它曾在空中高飛，摩擦大氣。

鳥羽是精神的象徵，是天空的禮物。羽毛乍看之下平凡無奇，卻可見微知著，思索許多事情。羽毛的生長從羽管，再細分成羽絲，羽絲繚繞成羽軸，再發展成排排相扣的羽小枝，最後才長成一根漂亮的羽瓣。沒有這些微妙的次第演進，鳥無法形成體毛，飛向天際。收藏鳥羽不易，攤開手邊收藏的一百多種鳥羽，有些還不知鳥主名姓。這樣也好，妳只是一名普通收藏者，收藏樂於保留空間給未知，保留那些不知名的美麗邂逅。

此刻，妳伸指如爪，作畫於石。鳥爪天生適合緊握枝幹、停棲樹上，離開樹，似乎整個生命就失去了支撐。妳想像筆就是樹幹，飛升的瓦歐瑞尼人或許如女媧蛇身，還是擁有埃及復活女神的雙翅？妳在這想像的神話人物身上，密密塗滿斑爛的黃花白點，想像衣飾上有輕盈的孔雀羽，背景是藍色天空；女神鼻孔吹出的生命氣息，為手上的黃金蛋催生。為何妳捉筆而畫？描摹不停的靈魂為何結合鳥羽收藏，對此有共鳴？

「盍各言爾志？」妳記得最初〈公治長〉篇的孔子，如是問著。

這一問，問出孔門弟子的雄心壯志，問出男人的鴻鵠之志。那麼女人呢？從小時候開始，沒人認真問一個女孩，她的志向是什麼？人們總會興致勃勃地問小女孩，妳想「當」什麼？彷彿女孩做什麼都不重要，重要的是她「成為」什麼，彷彿她「當」了什麼，命運就拍板定案，角色一確定，其他不再重要。

妳也發現科學研究人員在研究分類時，通常基於以下作為基礎：

首先，你不能探索任何與我們已有或已知的事物毫無聯繫的新事物；

其次，我們將任何新發現歸於已知科學所劃分的分類之中；

最後，將任何新發現稱為已有知識的補充。

那麼，還有什麼新東西會被發現呢？這或許是我們距離真相總是非常遙遠的原因。就像妳手上這本《誰替亞當斯密做晚飯》，探討「無報酬的工作」。女人做家事可被排除在經濟學分析外，被認為是用之不竭的自然資源，隱形、沒有價值、不被計算。

「如果有一天，全世界的女人都放下她們的雞毛撢子呢？」

凱特林・馬歇爾（Katrine Marçal）從這個問題開始問。她認為經濟學之父亞當・斯密（Adam Smith）只成功回答一半的經濟學問題，他能享用晚餐，不只是各行各業的人透過交易滿足利益；更重要的是，他母親想方設法，確保每晚都有食物端上桌。

妳覺得，雞毛撢子真是家庭主婦的代表，這個女學者帶出的問題，讓妳思索女人以及女人的收藏這回事。

妳發現收藏也呈現男女差異：男性收藏重視廣博、齊全，甚至是公認的珍品、古董等特殊藝品，讓他們得以說明、展示（或炫示？）擁有物。相較之下，女性藏品很少被搬上檯面，她所收藏的東西不是不重要、不值得一提，不然就是毫不起眼，上不了檯面。當她認真收藏了，藏物也反應出她的偏好與性格，有時因太過普通而被嘲笑，難登大雅之堂。

妳不意外歷來收藏名畫、精品、古董、提筆撰寫《博物誌》的藏者多為男性。且讓我們問問：「收藏的女人哪裡去了？」或是：「女人的收藏哪裡去了？」

女人收藏的是生活物件，那些屬於她的回憶，總是藏在不起眼的角落。她們喜歡收藏相片、童年別針、髮夾、某次出遊撿的貝殼、明信片、愛人的鈕釦、寵物鬍鬚等小物。

妳身旁許多姊妹就有收藏信件、卡片、明信片的嗜好，有的會將每一年生日賀卡收藏妥當，這其中自然包含意義重大的信（有些是情書，有些不是）、或照片。一般人提到女人的收藏，第一印象不外乎停留於珠寶、包包、鞋子、衣服等，彷彿女人的收藏離不開「她的身體」以及「展示她身體」之物。

妳認為，那是對女性收藏最大的偏見。別忘了，女人之所以會有這些收藏，也是父權社會與資本主義的商業操作下發展出來的。應該說，是「他」喜歡看，所以「她」滿足那種「看」，藉由「被看」來認同美，或身分。女性不論為自己或他人打扮，「美」始終是充滿文化與社會積澱的符碼。乍看之下她有許多選擇，其實她別無選擇。因為她不得不「被看」，所以穿著的隱與顯、遮蔽或顯露，尺寸間都是較勁。

可不管如何變化，女人真正想收藏的，始終是「關係」，特別是「特殊的關係」。那些瑣碎、細小、看不出意義的藏物，正是引導一段關係發生的關鍵：該物品特徵是只有當事人，曾共同持有那段回憶者，才知曉其價值與意義，那祕密。

是以女人收藏的，或許從不是物，而是藉由物引導出的連結與回憶。

這解釋了為何小時候，每個女孩都喜愛收藏，也唯有女孩的收藏才是真正的「收」與「藏」。那些藏在心裡，放入時光抽屜的祕密，總是躲於看不見的角落，藏得隱密。只有閨密來訪或無人時，才悄悄打開那個藏於暗處的盒子，那也是女人重溫舊夢的親密時光。

「密」這個詞，本來就很女性，彷彿專為女人打造的詞彙。

女人對空間敏感，或者說，對邊界確立這件事，是從小就開始培養：那是「我的」房間、「我的」衣服、「我的」……能入閨中者多為密友。這份邊界與私密感也延伸至網路，請別意外為何女性經營的部落格總是有這樣的特色：愛上鎖（偶爾心情不定又打開）、文章限定密友觀覽（或乾脆封閉）、只有持密碼者才可登堂入室（有時文章刪去又重寫），密友、密碼、祕密，彷彿一切都得藏得小心翼翼，不被發現。她反覆如海景地貌，隨時因浪潮起伏而變幻容顏。

這大概是女性收藏難以被展示、陳列的原因：女性之密並不公開給所有人，只對某一特定的對象開啟。就像不同長度嘴喙的蜂鳥，只會採集某種花；花的口徑，正配鳥喙長度。宛如門鎖與鑰匙，天生一對。

這開啟了另一種收藏視野，或許也是歷來汲汲營營於炫耀藏品的男士們沒想過的：物如何成為「藏品」？或許關鍵不在於「物是什麼」，而是「物如何在」？若女性收藏的重點並不在囤積、聚集多少物，而是關注於這些物「保留了什麼意義」與「什麼關係連結」，那麼，收藏會呈現怎樣的視野？

「一個女人，就是一個故事。」

記得上中西身體觀的哲學課時，從維也納回來的教授講起他在國外演講時遇見克里斯蒂娃（Julia Kristeva），她告訴他：「女人與男人不同處，在於一個女人，就是一個故事。」

乍聽此語，像陽光穿越樹林，靈光乍現，妳突然明白女人最重要的特質。為此妳思索男女對藏品整理的差異：妳當然也整理鳥羽，分類妥當，但讓事物排列成串的「類」，並非客觀科學分屬；那排列是線性的，讓藏物按一定秩序歸隊。妳的收藏，或身旁姊妹的收藏，幾乎都像電影剪輯的毛片，呈現「非線性」的特色：未歸檔成型、未想公開放映，那些藏品呈現一組組不同時光的鏡頭，從這一組回憶到另一組，只要重新剪接甚至快轉、跳接，看起來就是不同感覺、不同的片子，代表不同情緒與故事。

那些拾回的鳥羽，妳從不照雁鴨科、鷲鷹科、雉科等名目分門歸類。雖然妳知道，這些分類讓每一種屬下的物，都有了關連或相似性。但也正是這些已被認定的關連性，讓人們早就「預知」物的存在。凡預知就代表「已知」。而物，總死於「已知」中。

妳想借美國詩人羅伯特・哈斯（Robert Hass）的沉思來說明這件事：

所有新思索都與失落有關

這一點和所有舊思索很像……
因為這世上沒有任何一樣東西
可與黑莓的刺藤相對應，
一個詞於是成了其所指之物的輓歌

妳活在一個過分強調知識論、科學理性的時代，在這裡，物死於已知。我們指稱物，最後發現物不可被指稱，畢竟物的精神或本質性的東西，始終逃離指稱之外。妳觀察這時代的人們汲汲營營於各種新知，更滿足於「認識」物，遠大於與物「相處」，彷彿因認識就「擁有」。特別是男人，藉知識的博學侃侃而談，大發議論之際，一旁的女人似乎緘默不語，一如她該扮演優雅的傾聽者，傳統無聲的美德。

另一方面，總是微笑的她，心裡聲音可是與在場侃侃而談、大發議論的男士相反，她保持對談論之物未知的神祕好奇，為此浮想聯翩，雖然她想的常被他指責不科學。但她確實用她的方式，與事物同時存在著。唯有如此，才能重新喚醒事物，讓一切鮮活。

妳深信，關於鳥羽，這些在天空遨翔的精靈必有圖鑑命名之外的魔法，那些魔法遠古人類都知曉，那是關於傾聽、關於眼、關於心，關於飛翔與自由的祕密。或許祕密就藏在鳥羽，那偶然相逢的凝視。為此，妳願意跟隨心跳，順著體內自然脈動，披上靈感之翼，直覺地寫著。

請別意外，為何女人的收藏總是毫無邏輯可循，那些出乎意外的收藏，細思又在情理之中。妳希望呈現收藏的另一種秩序：關於美，關於回憶，或回憶的再創造，關於女人的生命，她的生活，她想說的故事。

請別意外為何女人總不安於現實。她們擅長打聽，喜歡捕捉表象下的「真相」。她從不認為結果是既定的，背後必然有看不見的細節與關係操作著，案情並不單純。一件平凡小物，那怕只是好友送的杯子，一件衣服上的香味，背後一定有故事。女人愛聽故事，善於說故事，也害怕發現自己不喜歡的祕密。女人的故事近乎魔幻寫實、真假參半，但至少這份私密收藏，讓她有了想像的地圖，供她描繪生命航道。

男人收藏「已知」，女人收藏「未知」；那隨時光重組的，總是新鮮事物。

為此，男人探索世界，女人形成世界。

妳可以理解為何史賓格勒（Spengler）要說：「女人是自然，男人是社會。」女人是連結，一個女人就是一個世界。女人的臂膀延伸到家屋的每一寸，每當她烹飪、唱歌，以花朵裝飾家裡的一切，家就是她最大的收藏。

愛與收藏何其相似，多少男人因擁有而失去；當他自以為自己得到某件事物時，「擁有」正讓某段關係慢慢死去、定型；而女人因不確定自己是否會失去而緊鎖藏妥，她知道自己並不擁有物，只能收藏物背後的一切。因她從小一直被教導她「是」脆弱的，最好安靜無聲，應該柔順。所以小時候「屬於」她的，都不確定是否能長久。她不確定那些物是自己的、還是暫時替他人保管的？她甚至不知自己該不該開口去要、去得到？請別意外為何明明認識了她，每次會晤卻總像重新確認邊界般，猜也猜不透。這是女人神祕之處：因為她處在變化中。以致於每一刻相遇，對方與自己，邊界都不相同。

或許這也是女人為何擁有這麼多祕密的原因：她害怕失去，也害怕擁有。擁有與失去是同一件事。

如同愛，對女人來說並不只是一個詞彙，那是每次連結的體感，她得反覆確認。最初的她如孩子般，單純、天真、沒安全感。當她用擁抱收藏心愛的人，也渴望被好好疼愛，但身體被欣賞、觀看的同時，她可不想被當成可以用一紙婚約鎖住的藏品。

這是一套多詭異的教導與養成？她被教導自己是脆弱的，身體該遮掩、充滿禁忌，不明、陌生的男人是危險的，世界是危險的，最安全的地方是房間，只有房間可以「藏」好自己。當吳爾芙（Virginia Woolf）說女人要「擁有自己的房間」，這房間可上鎖，鎖上後誰都不可以進來。看得深一點，這句話指的是「擁有空間，擁有自己。」

女人是一個擁有獨立靈魂的個體，她的聲音與身體，理應得到相稱的自由與尊重。

問題是：一旦走出房間或閣樓，女人就不安全。每個女孩都有暗夜返家被跟蹤的恐怖陰影。因她從小被教導成是脆弱的，她的身體「不屬於」自己，她只要走出房門，身體就屬於「被看」的移動物，她得讓自己打扮得「看起來」像她「應該是」的那樣，為此她斟酌久久，拿捏不穩，只要「看」與「被看」的界線失衡，她隨時都有「失去」自身的風險。

請別怪女人花時間打扮，總是多變。打扮對她而言，不只是穿著合宜地「出現」在某個場合而已。她會在腦中事先想像她出現的場合，旁人「可能是」怎樣的，會出現哪些人？以及她在那個畫面中穿梭，整體感看起來是什麼樣子。就像拍電影，好的故事不只是主角起承轉合的情節而已，在這組敘事中，配角、旁白、音樂、取景，都得在一體性當中和諧地運作著，才不顯得突兀。

說女人善變、怯懦、無法決定，實是冤枉。當她著裝打扮時，腦中可是一整套立體繁複，如電影拍攝的複雜工程正進行，也許她的感覺不是很嚴謹，推論基於直覺，但她確實想像著每一個可能。

有時妳為這世代擁有許多不同款式的衣服、鞋子、名牌包包的女性哀嘆，這說明她嘗試了許多身分，努力「是」什麼，至少看起來像她想要的角色。她想吸引值得「擁有」她的人，她想「成為」許多，然而矛盾的是，這套教育一開始，她就「不是」自己。當她被教導她「是」脆弱、需要保護的，而且應該「成為」某種身分；為此打扮身體、收藏身體相關的物件，其實她只是「打造自己」成為某種樣式，在被觀看、欣賞，經歷約會、交往、結婚的關係儀式後，被他穩定「收藏妥當」。

這荒謬的世界「物化」女人，好讓男人可擁有。只要看現在車子、房子，各式各樣的廣告離不開女人（應該說離不開女人的身體）就知道。可矛盾的是：女人是不可能被擁有的，她是活生生的靈魂，她的本質從不是外表看起來那樣。

妳相信，女人最初是活在想像與直覺中。若廣告的價值在於無止境的追求與消費，那男人的確是在這過程中被「無止境的消費」了，因為他到頭來並不「擁有」他想要的女人。而女人呢？傳統的女人是被動的，可這世代許多聰明女人已學會在變化中變化，在消費中消費，她也懂得翻轉這套收藏，利用他「想擁有」她的身體，反向操作，以青春主動換取她想要的一切。

只是，這類女子到頭來常常聰明反被聰明誤，隨時光老去，最後她發現戀物、戀衣也戀財的自己，早已失去了她美好純真的夢想。在此遊戲中，金錢贏得一切，因為當所有的物與關係都變成可估算的，自然也失去本來面目，在價值遊戲中，失去價值。

失去價值，在物的遊戲中，男人與女人都是。

這是多矛盾又真實的事：愛的條件正在於「愛無條件。」

當一份藏品需要愈多條件來擁有，可確定藏者離愛愈來愈遠。當人們需要許多的保證、保險與條約，前提便是「有所懷疑、不安全」。可我們又怎能在懷疑的基礎上尋找愛？

為此，在現代無限放大物的遊戲中，男人失去女人，女人失去了自己。人忘了玩遊戲、收藏物，是因為閒暇、因為自由、因為交流的快樂；最後人被金錢玩弄，為消逝的青春與時光焦慮。這時，物已非單純之物，而是自我延伸感，是認同，是比較，最後囤積之物往往變成無形的壓力之鎖。

當情感等於物，愛等於玫瑰，情人節等於名貴的贈品與美食，屬於各種看得見、摸得著、可觸及之「物」。「我屬於你」，這意思等於你得好好照顧、滿足我的身體，於是物化魔法展開，圍繞人的一切事物都不超過五感，這世界到處充斥滿足感官的精緻之物，物的價值被無限操作、變形。

不管男人或女人，都希望自己被好好收藏，自己值得那樣的價值。可在這物化遊戲中，被犧牲的正是他與她的獨特，還有支撐他們的大地之母，人類賴以為生的自然。

妳厭倦了這世界關於「物」的荒唐遊戲，可身而為人，總會想收藏些什麼。人都有著迷、耽於物之時。

有什麼收藏可以不破壞自然，又可貼近天空，直達靈魂本質？而體現這件事——

因為妳「是」那樣的靈魂，才有那樣的「收藏」。

靈魂到底有沒有重量？曾有實驗證明靈魂重二十一公克，輕如羽毛。於是妳思考：「靈魂與羽毛如何連結？」這件事。

記得二〇一五年去看溥心畬指畫展，小小尺幅，寫萬象縮影。每個小點都是他生命的指爪與印痕。信步繞行，單見場中一幅斗大字寫著：「萬古雲霄一羽毛」。初看懾人，細思駭然。那詩原是杜甫寫給諸葛亮的，論孔明羽扇行軍，風華無人能及，但憑壯志凌雲，詩的結尾卻是：「運移漢祚終難復，志決身殲軍務勞。」

一思及此，妳領悟這常用「舊王孫」署名的沒落皇族，原來自許鴻毛之處，沉重如山。妳開始思考羽毛與靈魂的關係：羽毛沒有價值，所以羽毛無價。

若靈魂重量相當於羽毛，那羽毛必然有某些精神性的象徵。在這個到處講價值發大財的社會，收藏羽毛反倒呈現一種「無價值」或「去價值」的意義。妳想起神話描繪靈魂飛翔，其狀似鳥，若能遨翔，那怕平凡如阿甘，其傳亦有羽毛飄然從天而降，貫穿全片。寓生命之沉重於色相的輕盈。

真正的靈魂，從不止棲於肉體，我們都知道，只有在寬闊林間，最少干擾時，鳥兒才自在哼唱。鳥兒每季都會換羽，自然界的羽毛如同落葉，隨季節出現。如此，妳看見另一個世界，鳥羽的鏡中倒影。真正愛鳥者，不會汲汲營營於收妥世間每種鳥羽，那意味著取得的過程需費盡手段，凡有手段，便不自然。妳想起歷代君王，那些博物館收藏，似乎到最後都變成永無止境的掠奪。收藏這件事，取之有道或無道，相差不可以道里計。

妳將收藏鳥羽這件事，交給自然、交給緣分。北城求學多年時光，那些因緣邂逅的鳥羽，妳先查圖鑑對應，外面貼上標籤寫下鳥種。將之擺放至塑膠袋內密封，只要鳥羽篇幅夠大，便上膠作畫。

羽量不足或毀損、細如絨毛者，妳會用鉛筆打稿想收藏的鳥主，以水墨表達光影流動感，最後以鋼筆收邊，擦去多餘線條，擺上鳥羽拍照。若鳥主已有不錯的攝影，妳將之淡化成黑白照，黑白照有一種莊嚴、樸實的肅穆感，給予個性。這樣，鏡頭下的牠不再是某個物種，而是與妳生命交會的個體，展現獨特風姿。

妳希望鳥羽，以及鳥的彩繪，是文字敘述外，陪伴全書的無聲旋律、是副調。

妳認真思索如何結合收藏與文字呈現一種形式，也就是風格這件事。黑白筆畫交錯，一虛一實，構成收藏基調。採集不易，妳寧願等待。至於尚未拾獲的鳥羽，妳保留空間，召喚相會之日。

女人是善於等待的，即便漫長等待後，空無一物。

妳將羽瓣層層排列，那些羽毛經過重組之後，不同鳥羽部位，總能連結排出朵朵夢幻花卉，這些花卉立體有型，還能因光線折照不同，閃耀不同華彩，這是瞬時之花，符合妳收藏想呈現的非線性，那種隨著移動組合、說故事變換的概念。

妳呈現想要的收藏風格，保留無聲的部分。畢竟，這套收藏仍在增長中。至於那些無法拍到的鳥種，妳讓回憶在素描中清晰，讓牠們與文字脈絡一同完整。

十九世紀的法國象徵主義詩人韓波（Rimbaud）在一八七〇年的〈感覺〉詩中說：

我不出聲也不思考，
只有無盡的愛在我的靈魂升起，
我還將走遠，走得更遠，像個波西米亞人，

跟隨大自然，歡樂如同和一個女人在一起。

在這首詩中，自然等於女人，女人就是自然。女人天生就懂潮汐，因她體內也有月亮運行著。若大地母親有心跳，女人的步履便在她胸前起伏，哼唱著，跳出生命之舞。那舞步不同於男性邏輯的客觀論述。女人若有神祕學的味道，那是因為她本身就是神祕的緣故。

女性書寫者自然有別於男性作家的觀察，常充滿感官的易位與跳躍連結。進入她的世界，就是進入自然不可知之境。

韓波認為一個優秀的詩人必須成為通靈者、洞察者，透過長期廣泛、有意識的錯位，打亂一切感官，深入不可知之境，挖掘深層情感，才能與永恆宇宙心靈相通。妳猜，只有在這個層次，才可理解男作家恍惚之際的表述，如德希達（Jacques Derrida）在《書寫與差異》中詩意地表達並幻想自己最終能像女人那般寫作。

為此，妳願意全程用「妳」，來與身為女體的自己對話，與過去的天真女孩對話，與鳥羽的回憶、大地母親對話。妳願意與所有人體內溫柔的陰性部分對話，不分男女，與每個人內在神聖的阿尼瑪對話。

妳與每個使用「我」的人對話；為此，妳希望可以超越現實中男女過於黑白分明的邊界，直探內在寂靜，與陰性力量一同脈動著，沉默如雷鳴。

妳也清楚，這城市無法全然回歸真實自然，只能複製。

妳最常出沒的除了景美溪、李園與後山步道外，研究煩悶時，台北木柵動物園的鳥園也是賞鳥的好去處。鳥園特殊處，在於匯集各洲珍稀鳥，體現世界的變貌。各種鳥的告示牌設置說明、遊客反應與互動，帶給觀者如美國後現代地理學家愛德華・索雅（Edward Soja）的《第三空間》，當空間被視為具體物質形式，可被標示、分析、解釋，同時又是精神建構時，那便是關於空間及其生活意義表徵的觀念形態。在第三空間，一切都匯聚在一起：主體與客體性、抽象與具象、真實與想像、可知與不可知、重複與差異、精神與肉體、意識與無意識等。

妳希望拿到這本書的讀者，像打開一個藏寶盒，或翻閱一本相簿，藉由圖像與鳥羽，進入鳥的多向度空間。

因此，這份收藏呈現一個微觀世界，正如每一粒種子都蘊涵千萬片森林厚望，每根鳥羽也暗藏各代人的描述與想像，由一根鳥羽可見一隻鳥，更可以看見那隻鳥在命名背後，於不同文化中，被描述、壓縮、堆疊、翻轉、交錯，與當下邂逅的「妳」，相遇的種種可能。像波蘭女詩人辛波絲卡（Szymborska），在〈種種可能〉詩裡說她偏愛寫詩的荒謬，勝過不寫詩的荒謬。

妳偏愛收藏羽毛的荒謬，愛那無以名狀、充滿光影的豔麗，橫臥在手心的種種可能。

【二】

麻雀女

誰謂雀無角？何以穿我屋？

——《詩經・行露》

Ishtar 2016.7.23.
麻雀.

布蘭達・希爾曼（Brenda Hillman）有一首〈給麻雀的組曲〉，形容死亡麻雀的胸，輕如一盎司的茶葉。當時她為城裡的麻雀埋葬，寫道：

牠們彷彿來自一幅畫的
邊緣，牠們尋常的心把我們的
小沙漏半旋到螢光幕上

麻雀，雖是再普通不過的鳥，也是隻完整的鳥。詩人藉麻雀之死，思及生命的渺小，於是那輕如一盎司茶葉的麻雀心，就像是會跳動的小沙漏，將人的一生投影到螢光幕上。

妳的飛羽收藏，是來台北後才增長的，若問這套收藏從何開始？在妳文字的螢光幕上，得從一個遠嫁的女人背影說起。

「厝鳥仔回來了！」每當妳回家嘰嘰喳喳地報告大小事，母親總這樣說。

媽是台北人。

三十年前，二十六歲的她堅持嫁到台東，那時聽在台北親戚耳裡，就像王昭君自願和番那樣，令人匪夷所思。

「當時舅舅堵在門口，不讓妳媽離開半步，」新莊的小阿姨對妳說起母親不曾提過的往事：「外公氣得睡不著，拿藤條坐在客廳，要妳媽想清楚。嫁那麼遠，他與外婆管不著，發生任何事，再辛苦，都只能自己承擔，別哭著跑回台北！」

但媽仍堅持要嫁，縱然婚後許多意見與父親不合，她也咬著牙、忍著淚，從未回台北。初嫁農舍的她，需要洗全家上下八口子的衣服，照料三餐，爺爺農忙後一回家就要喝燙口的茶，喝不著就脾氣暴躁，早上她還要跟奶奶去割草餵豬舍的豬，以及雞圈裡的鴨鵝。

她過得比台北還辛苦、更加忙碌。妳覺得母親的一生就像麻雀般，不是急於做某件事，便是奔赴於他人交辦之事的途中，從未休息過。

在台北，母親念到松山國小四年級時，外婆生病住院，一家六口，全靠外公的鐵道員微薄薪水過活，她犧牲學業，讓弟妹們去念書，照顧外婆。等外婆出院好轉，母親也追不上學業，為了補貼家用，她先跑到紡織廠當女工，爾後轉學裁縫。聰明的母親學得飛快，很快從生手一路學到可獨自做旗袍，當時裁縫這個行業，能不能做旗袍是出師關鍵。媽常回憶說當時還有些二流明星、有錢貴婦找老闆打小牌，都指定她做衣服。

外婆的病時好時壞，每次病重住院，都是失學的母親暫緩工作，回去照顧。看著弟妹一路念到高中、大學，久而久之，失學的母親心裡頗不是滋味。待外婆好轉，好友見她苦悶，知她心事，便要她陪著去台東相親，順道出遊散心。

生命有種種可能，與父親邂逅的場景，母親反覆說了N次。妳發覺身為女人，不管是身旁姊妹或母親、奶奶、各年齡層的女性，總是喜歡重述已發生的事。每當她反覆講述過去之事，總會枝葉蔓延，分岔出不同瑣碎細節，有些細節甚至可獨立為另一個故事，最後講述內容會超過故事本身，無法收束。

「媽，講重點！」小時候，弟弟常不耐煩地要母親略去故事過程，直接講結果。

但母親難以收束，或乾脆不講。女人是水，以情緒編織故事，於是母親的故事每次都不同。

妳錯覺，如果不是那場暴雨，若父親不彈吉他，不穿喇叭褲，或身高再矮些，也許就不會有這樣遠距離的戀愛，更不會有妳。最後比較確定的故事版本是這樣的：

當時細瘦、不到四十公斤的母親穿著自己剪裁的裙裝、高跟鞋，就這樣陪朋友一路從台北搭車來台東。突然下一場暴雨，泥濘路上，母親的鞋跟卡在土裡，偏鄉沒有水泥路，更無路燈，母親摔到田裡時，濕漉漉髒了一身，當時她隨手亂抓，碰到一隻死了不知多久的

膨肚母雞，臭不可抑。（不管說多少次，她絕不會漏掉田埂上那隻發臭的水蛙）

「我再也不來台東了！」當時淋雨又狼狽的她，望著泥巴路大喊。

當時父親剛退伍，門外種一園玫瑰，渴望戀愛。他身材挺拔，穿著時尚喇叭褲，即便是滂沱大雨，仍在門口快樂彈吉他。遠遠地，他望見路上摔倒的小姐，趕忙放下吉他，拿傘向前攙扶。狼狽不堪的母親，一時撞見英俊的父親，那刻扶她起身的他宛若天神降臨，害她小鹿亂撞。

爾後，母親知要跟好友相親的是父親的弟弟，心底著實鬆了一口氣。命運捉弄下，那阿姨沒跟三叔結連理，反而在接下來八仙洞旅遊中，吉他少年一路小心翼翼呵護她，不但陪她走，知她高跟鞋斷了，新鞋不合腳，險峻路段還背她，怕她悶，又說了不少笑話給她聽。當時保守的母親又氣又惱，不知是出於被吃豆腐還是賭氣，她故意為難少年，說他身手再俐落，也摘不到那朵懸崖上的花。誰知不一會兒，身手矯健的少年就如猴子般攀上去摘，看得她目瞪口呆。

很快地，她回台北，他忙著寫信。

一艘艘雋秀字跡打造的藍帆船，就這樣駛向都市小姐緊閉的心。當時資訊交通皆不便，他們是各據一方天涯海角的水手。迷李小龍功夫的那個年代，父親與叔伯們都積極鍛鍊身體，個個有胸肌、身材壯碩。當時母親故意說要請他吃餅，父親誤聽成結婚大餅，連夜趕上來台北。她為了測試他的真心，要他陪散步，一路從忠孝東路六段，直走到中正紀念堂。她直覺想，只要他肯陪她走遠路，那就是一生的伴侶，可以走得長久。

以前妳從不知這段路有多遠，直到北城念書後走一遍，發現還好。

鄉下人計算路途的方式，跟城裡人不同。只要一小時腳程可到，都不算遠。更別提父親童年負責餵豬，凌晨四點半吃完稀飯，就得翻兩座山去牧場割草、抓蝸牛，二小時後，背兩大竹筐的收穫下山，沖個澡，馬上得再走一小時的山路去上學。

忠孝東路六段走到中正紀念堂這段路，對老爸來說，根本小菜一碟。對母親而言，那是她要搭公車大約五站的距離。

「五站耶！台北人超過兩站就不想走了！」母親說。

妳發現，講到台北生活時，母親眼睛總是充滿光。都說男女因誤會而結合，邂逅的最初，若非母親一時不察，父親聽錯話，恐怕不會有這段姻緣。冥冥中自有巧合，讓這位說再也不來台東的台北小姐，一嫁偏鄉三十年。

母親身上，有台北人的矜持、細膩、不多言的旁觀，還有一種從不輕易表露情緒的冷淡。民國七十年，當她坐飛機顛晃晃地嫁到後山，覺得當時這裡的一切都空蕩，竹林裡的風、竹雞、豬圈、乳牛生產的嚎叫、山豬與各類野生動物的嘶鳴，都讓她害怕。

「聽到壁虎會攀在牆壁上嘎嘎笑，我簡直嚇壞了！」母親回憶說，台北的壁虎可從來不叫。

聽老一輩說，濁水溪以北的壁虎不會叫，以南的才會叫。於是母親回娘家的第一年，便是逮住牆壁上最肥的壁虎裝入瓶內，她倒要看看這隻壁虎過了那條分界線，是不是就不叫了。

「後來呢？」妳跟弟妹幾乎同時問。

「後來一放出來，牠就不知溜到哪去躲了，也沒聽牠叫。」媽說。

這就是母親，富有實驗精神，任何事都想親身求證。

初嫁台東，當時只有廁所屋簷下，熱水機上方那一巢麻雀是她不怕的。那巢麻雀自她嫁來，年年產卵，飛進飛出不知第幾代了。每當妳扭開瓦斯，熱水器隆隆作響，總會聽見麻雀們的啁啾聲。那是鴿子外，遠嫁而來的母親唯一能辨識的鳥，聽見鳥叫，她會安心些。

這個看見老鼠就嚇得跳上桌的都市小姐，從未想過自己嫁來台東，日子過得比以前醫院照顧母親辛苦。二妹早產，為了治好妹妹的斜視，民間偏方說吃蛇膽、蝦蟆肉快好，為母者強的她，就這樣夜間壯起膽，也隨著父親拿手電筒去抓蛇、抓蝦蟆。現在母親懂得如何料理蛇、殺雞、去除蝦蟆有毒的內臟，連原住民朋友打獵完下山送的山羌、山豬，她也會料理。

母親初來東部，不懂鄉下人的熱情。母親不飲酒，不喜見人抽菸，不愛打牌。她的冷觀、不參與、不露情緒的個性，很快如一堵高牆，讓爺爺、奶奶、屋簷下除了父親以外的所有人誤會，認為母親高傲，從台北嫁來後山是委屈了她。

自妳有印象起，母親與阿嬤、姑姑的婆媳問題從未少過，妳不止一次見母親房中掉淚，臉色難看地端飯給公婆吃。那刻她不像媳婦，反倒像長工娶的婢女，大小事都得任勞任怨地做。而母親咬牙不笑的僵硬表情，使她不管做得多辛苦、付出再多，總是奶奶與姑姑永遠的假想敵。

「查某人菜籽命，嫁了就要認分。」奶奶常對著母親的背影，說出這句話。

母親從不辯駁，總是沉默。

當妳與弟妹像麻雀吵翻整個屋頂時，她要妳們面壁思過，去罰站。大伯娶親生子後，老家更擠了，一大家子十餘口，熱熱鬧鬧。母親不讓活潑好動的兒女出去惹事，下田工作時，總叮囑妳帶弟妹在房間玩，不可出門。於是小小房間內，妳與弟妹只能反覆不斷地玩著模型、扮家家酒。

母親是安靜的，妳卻是家中最吵的。妳是土生土長的鄉下孩子，口無遮攔，想到什麼就說。後來妳發現，這種過度活潑在擁擠的山上老家會被處罰，在台北卻被鼓勵著。

當時母親生完二妹不久，外公因車禍意外過世，小阿姨上課、舅舅上班，大阿姨嫁人了。母親怕外婆難過，遠嫁台東的她無法分身，加以老家日益擠小，最後她跟舅舅商量，決定將麻雀女兒送去台北給外婆照顧，緩和她喪夫心情，也讓外婆有事做。

就這樣，童年的妳飛離巢後，在台北成為舅舅、外婆無限寵愛的珍稀動物。外婆家沒其他小孩，妳眼睛大又好奇，常問東問西。外婆老說來了不是一隻麻雀，而是一群。她呵護妳，早餐剛喝完牛奶，妳就迫不及待要外婆帶妳去市場，沿著忠孝東路六段，當時下面商家都認得外婆，特別是賣糖果的店家。妳總會吵著進去看看，一進去就半日。舅舅、阿姨也疼妳，當時看連續劇的清宮娘娘造型，妳也央著舅舅要剪宮女帽給妳戴上，小小的床鋪就是妳的舞台，妳要外婆、舅舅坐好，聽妳表演唱歌，一條手帕就自導自演起來。

都說厝鳥仔養不活，換個地方給人養就會死去。童年的妳卻完全沒這問題。台北外婆家寬敞人少，櫥窗內新奇事物太多，妳迫不及待要認識這個新世界，樂不思蜀，完全把山上老家給忘了，甚至媽打長途電話上來，玩樂中妳跑去接電話，都是歡快嘈雜的高八度音，講一半就去玩了。

第三年，老媽懷孕生老弟，打算如法炮製，想將早產的二妹帶來台北給外婆顧，把妳換回家。誰知老妹洗頭轉身不見母親幾秒，就哭得像鬼似的，滿頭白泡泡，呼天搶地、爬也要爬出浴室，怎麼哄都不聽。

原來二妹才是厝鳥仔，戀家也戀舊，妳心想。不同的是，妹妹的依賴，比較像分離恐懼症，而妳當時年紀小，尚不知分離的哀愁，只覺鄉下城市如同青菜蘿蔔，各有各的好。

年紀漸長，妳才知道，「好」這件事是比較出來的，也會隨時間改變。

遠嫁台東的母親總思念故鄉繁榮、物的精緻，她初嫁來，隨便穿自己設計的衣服，都被人家誤認為警察夫人，端莊有禮；她怨嘆在台北設計衣服，一件可以賣一、二千，當時的錢很大，現在來台東，沒人量身訂做衣服，只能車縫下田的防曬手套，努力車個一兩百件，才有微薄薪水。

基於小時的台北經驗，母親認為提前推甄上大學的妳，可以賺錢貼補家用。於是暑假催妳去台北打工，可那時的妳，只感到城市的疏離、人情冷漠。短短三天不到，妳難以適應密閉空調，每日接線生的枯燥工作，於是跟小阿姨謊稱腸胃不適，急著託病回鄉，工錢也不要。

母親的故鄉，妳的異鄉。

外公那代，台北也是異鄉吧？母親小時候是住在八德路附近，之後才搬來忠孝東路這裡。她說外公最早當鐵道員時，是租在基隆河畔沒人要住的鐵皮屋，每逢颱風來，河堤必淹，一家六口擠一層樓，不斷舀水出去，有時還會去撈河邊漂來的，不知主人是誰的生活用品。

最後妳發現，「台北」一詞等於繁華、富庶、便利的代稱，而「台北人」更是一個優位概念。其實沒有誰天生是「台北人」，台北固然因首都，集結各資源而形成一種優勢，但生活於此地的人們，大多是異鄉人。是許多異鄉來此打拚的人們落地生根，才形成如此龐大人口。

若從此角度重新審視台北，以及「生活在台北」這件事，相信同一個地點，會切出不同視角。我們是活在同一個時空，不同夾層的人們。就像撲克牌占據同一個位置，可是五十二張牌隨不同角色、不同人物，每一層都會望出不同視野，活出不一樣的世界觀。

孫維民有一首〈麻雀之歌〉，寫這城市的日常，開頭是：

我又來到你的窗前，像是
昨天那一隻，像是更早——

在經歷一整天的活動、謠言、垃圾車之後，結尾一如開頭：

當你抬頭看不見星
雖然知道那只是幻象——
我又來到你的窗前，像是
明天那一隻，像是更晚

麻雀處處有、處處相似，麻雀是戀家的，我們一如麻雀，將日子過成永恆，讓眼睛習慣同樣的景色，每天用同一種目光學會去看東西，最後形成抹不掉的背景。昨日、今日、明日彷彿都是一成不變的老日子，不斷重複，無限循環。

要改變觀點，除非有意識遷徙，離家。

再來北城，已是念研究所了，妳早非昔時青澀少女。學校臨山環溪，搭車到木柵動物園十分鐘不到。幸而學校處於城市邊緣，保留蟲鳴鳥叫的呼喚，妳自在悠遊，搭上捷運觀覽，走訪母親口中思念多時的故鄉。

現在的松山車站，不只老媽，許多台北人都認不出來了。電話裡老媽不斷絮叨尼伯特強颱吹走雞舍，奶奶乾脆不養雞了，不符合經濟成本。這是她嫁來台東三十年，遇到最大的一次颱風。接著她又抱怨家中電話線過了二十餘日還沒人來修，屋頂被吹走、枇杷樹彎腰的慘狀，那刻她就像一個土生土長的農婦，抱怨天氣、掛心歉收的農產。

電話中的母親已是台東人，麻雀化了。

許多網路鄉民抱怨台東可獨自成國，不知哪個議員說台東人口二十多萬加起來不過一個松山區，不值得費心力搶救。當時台東受重創，新聞不多報導，只得靠鄉民臉書自立更生，實況轉播，才看到十七級風災造成的震撼鏡頭。

價值觀，每個人都不同。妳體內同時承繼父親善良樸實的鄉村情懷、母親關注細節的嚴謹。

妳發現爸媽也不是一開始就懂得當父親與母親，他們各是鄉下男孩與城市女孩長成的父母，成長背景不同，爭吵不休的許多問題，有些是城鄉差異，然最大的心結，仍是傳統對男女的要求，父母吵架是縮影，呈現這時代許多夫妻共同的課題。

妳發覺爸媽跟所有的夫妻一樣，生活就是過得太認真才吵，只是當時，他們都太年輕了。

遠嫁東部的母親常說要離婚，心裡放許多祕密。當時她說話常常結巴，喉嚨像堵住什麼似的，支支吾吾，後來甲狀腺開刀，母親宿命似地悲觀認為是來台東殺太多雞鴨緣故，所以脖子才要動刀。妳覺得母親的病是媳婦病、是長期壓抑，找不到宣洩出口所造成。雖然沉默的她什麼也沒說，眼淚卻宣告一切。她與父親吵架總是關起門，要妳與弟妹出去，而妳跟弟妹卻躲在浴室，怯怯地偷聽吵架內容。

母親用平實的動作演出高超的沉默，時間永遠是炙熱的中午、在狹窄的廚房做菜，嗷嗷待哺又說個不停的多張嘴，是客廳婆媳上演陰晴不定的表情。

同父親吵架時，她情緒如海浪高漲，那未說出的話語，是戲劇排演前的台詞，在台下反覆呢喃。父親是急躁易怒的，他的話語是雷電，劈著的任何事物都起火；而母親的諷刺是冰雹，是無聲飄降的雪。

戲劇中最高超的技巧是無聲，母親沉默，動作卻是戲劇式的。身體不說謊，說不出來的話，透過表情與動作來說。

妳無法確定母親下一刻的臉，是那個神話的變形。被壓抑的聲音，像失聲的美人魚，步履艱辛。

母親被婆婆、丈夫壓下的聲音，透過不斷反覆的內心低語擴大，爾後又變形成種種可怖的故事，說給妳跟弟弟妹妹聽。聲音，若仔細傾聽，不聽表面話語，就會聽見一個人的心。

也許重點不是聲音，而是處於聲音與聲音流動間的某種東西。

哀傷有聲音，沉默也有。也許母親需要的只是勇氣，只是一個當面說「不」的機會。

為人妻母，就是走上一條奉獻道途。這就是為何對女人而言，婚姻就像一場失去自己的騙局。以一個賢妻良母的形象，她永遠無法隨心所欲做她想做的，只能做她「必須做的」。而女人是永遠無法被滿足的，除非她能真正做「她想做的」。妳開始懷疑究竟有什麼東西是堅固可靠的？母親過分辛勞，讓某些東西在妳心底慢慢瓦解、崩毀，某些東西又因此扎根成形。

觀察母親做菜是快樂的，如果不趕時間，不必下田，不一定非得做給哪個親戚吃時，妳觀察母親樂於自己做的菜被吃光，只要心懷感恩地稱讚，她是容易滿足的。可公婆、姑姑，那幫她口中「姓廖的人」，都曾挑剔她做的菜不合胃口。許是如此，母親中午流著汗，從田裡趕回來做菜的身影，深深烙在妳心底。長大後的妳總是抗拒做菜，因為那件事幾乎等於「犧牲」。伴隨鍋鏟聲，父親的咆哮，那是雙親永遠落差又無效的溝通。妳想起帕斯的〈擺動〉：

（今天，總是今天）
你說話（聽得見大雨嘩嘩下）
我不知你說的是什麼（一隻黃手把我們托著）
你沉默（鳥兒生了一大窩）
我不知道我們在哪裡（一個絳紅色的小窩把我們關著）
你發笑（河流的腿被樹葉遮沒）
我不知道我們去哪裡（明天是今天在半夜）

今天敞開又關閉
從來不動也不停
心臟永遠不熄滅
今天（一隻鳥兒停在花崗岩塔樓）
永遠是中午

據研究，一隻麻雀的羽毛平均為三千五百五十根，七月換羽會少四百根。即便如此，妳發現，麻雀雖是普通常見的鳥，台北卻愈來愈少見了，要找到掉落的鳥羽，堪比大海撈針。原來最習慣的日常之物，往往最難取得。就像獲得雙親認同、成為他們理想的人，往往是人生中最艱難之事。

「厝鳥仔回來了！」母親說。

「不能說厝鳥仔，」父親指正：

「要說鳳凰，這樣她才會長大。」

【三】

青鸞之眼

夫鳳凰之初起也，翾翾十步，
藩籬之雀，喔咿而笑之。
及其升少陽，一詘一信，展羽雲間，
藩籬之雀超然自知不及遠矣。

——韓嬰，《韓詩外傳》

望女成鳳，古今皆然。

自妳讀碩士起，父親對妳的期望日益攀高。不知是否迷信，小時父親算八字，發現妳命盤是紫微與天府星同宮，就說：「紫府同宮，終身福厚」，又說這在古代是后妃嫻淑之相。是以每當母親叫妳厝鳥仔時，他屢屢糾正。

妳也以鳳凰祥瑞為吉，小時就常蒐集鳳凰相關的剪紙、書籤、喜餅設計，修神話課時，也以鳳凰做報告。然而真正認識這種鳥、近距離接觸，是來台北之後。

清晨動物園如夢，氤氳水氣未散，一切彷彿籠罩在翠藍霧色裡，那刻動物園美如仙境，脫俗不染。妳習慣吃完早餐隨手招輛公車，不到十分鐘的車程，下車、刷卡、入園。靜寂簡單的動作，開啟一天的儀式。同樣入園，妳心態與一般遊客不同，由於學校在附近，地緣之便，妳多的是時間，可以自在觀察，坐看一上午。沒課的空檔，只要非假日，便是妳與動物相處的時光。

然而，能讓妳一早起身，勤於拜訪的神祕動物，是傳說中的鳳凰。一如鮭魚逆流，一節節空闊車廂是併排的等待，遊園車在曦微晨光中閃著銀白光澤。司機微笑地看著妳：「又一早看鳥？」妳點點頭，將絳紫圍巾收攏雙肘，朝聖般慎重。

中國最早《山海經》提過：「丹穴之山，有鳥焉，其狀如雞，五采而文，名曰鳳皇。」《重修玉篇》載：「雄曰鳳，雌曰凰，有五采，棲梧桐，食竹實。」坦白說，妳第一次看見真實鳳凰挺失望的。

青鸞本身沒有五彩而文，不如國畫豔色，甚至比不上孔雀虹光翠綠的翎眼。雄鸞只有闊大而長的飛羽，其上綴有滿月似的眼紋。雌鸞沉色，尾羽短，感覺只是放大版竹雞。

真實的青鸞羽色樸素。神話的鳳凰會有五色，來自漢代符應說，古代「凰」音通於「皇」，由於大帝是居於中央的，故以鳳凰居中；又因鳳凰是百鳥之首、王者象徵，所以配上五色。這是漢代神化事物的手法，所以《說文解字》裡的鳳凰在不同方位，就有不同名字。

妳著實好奇，為何唯鳳凰浴火重生？總是白鳥朝鳳？又為何國畫裡的鳳凰嘴上老叼靈芝？那靈芝還在不同畫家傳移摹寫下，在喜餅錯畫為喙上一朵雲狀瘤，每次都讓妳忍俊不禁。

直到妳拜訪宜蘭碧涵軒鳥園，最早將鳳凰引進台灣的奇人，一切才稍有眉目。

那日妳與友伴驅車行經白米社區，尋找這偏僻鳥園，伴隨滂沱大雨。雨先滴答答，旋即隆隆直下，困在滂沱雨陣，車行竟如暴雨中的小舟，頓時迷失方向。好不容易來到鳥園，卻因雨勢錯過入園導覽，只能在卵羽陳列館靜靜聆聽園主搶救鳳凰的經驗。

園主張漢欽，原是珠算老師，典型愛鳥人士，因愛鳥成痴而專心搶救世界瀕危鳥類。他曾救活喜馬拉雅山傳說中的彩虹鳥棕尾虹雉；又在越戰之際，不惜傾家蕩產，去河內搶救有鳳凰之稱的冠青鸞。

妳看手邊資料，《藝文類聚》載：「有鳳適南中，終日無歡娛，自怨梧桐遠，行飛棲桑榆。」南中，是三國時期古地名，相當四川大渡河以南、雲南、貴州兩省。想來古時這種鳥就分布在遙遠南方。

園主說，冠青鸞是極度敏感的鳥，一年蛻羽一次，為了不讓別的物種發現自己的蹤影，還會慢慢吃掉脫落的羽毛，或是埋起來消滅行蹤。接著，他眼神飄向遠方，如夢似幻地提起交配時，青鸞求偶舞的奇特。

「大部分發生在歲末，公鸞求偶，壯麗非凡。」他接著說起公鸞求愛獨特在於：公鸞會先在林中清理場地，接著大聲啼叫吸引母鸞，在母鸞面前張開雙翼成扇，展示雙翼上的眼睛，真正的眼睛則藏在翅中注視母鸞。

最早，卡爾・林奈（Carolus Linnaeus）曾將此物種以希臘神話的百眼巨人「阿爾戈斯」命名之。神話記載，赫拉利用阿爾戈斯在睡覺時不用閉上所有眼睛的特點，將變成母牛的宙斯情人伊娥交給他看管。於是美麗與災難，看與被看，命運的監管與窺伺，如影隨形。

妳想著冠青鸞命運也如傳說，目前僅剩越南、馬來西亞有點狀零星族群，全球數量不足百隻。園主談起張大千過世後留有一母鸞，因無人懂得飼養，於是輾轉送來園區。園主原欲以園內公鸞交配，無奈公鸞領地性強，不久母鸞被啄得頭破血流，不得不趕快撤出。

時間之故，妳無法久待。臨別之際，聽見青鸞和鳴之聲在幽谷響起。回望剛剛走訪的隱僻鳥園，誰想到白米社區旁，竟藏著千年神話？初睹鳳凰的震撼，令妳悸動不已。

回來後，難忘園主神情，妳查起資料，看著國外攝影的青鸞求偶，妳好奇那萬千之眼如何伸展？鳳凰開屏不像孔雀，孔雀展示尾羽是一百八十度開展，而青鸞開屏複雜多了，可以開屏至三百六十度，如同兩個大圓，尾羽多達三層綻放。

詭譎的是，照片只見兩個並排的屏風，不見其頭頸，彷彿整隻鳥消失一般。因開屏時間短暫，沒親眼目睹，無人知道青鸞如何展翅變形。

妳惦記歲末再訪。

誰知人算不如天算，當時禽流感盛行，愛鳥的園主怕珍禽有失，謝絕一切訪客。園主曾是珠算老師，一個把算盤看透的男人，以一生時間照顧、復育稀有鳥類，自然一心繫念珍禽安危。然而，鳥羽館陳列的鳳凰開屏照，青鸞開屏的美麗身影，如神話般，一直縈繞心頭。

這個夢，直到幾年前木柵動物園跟南投鳳凰谷借了公鸞育種後，才得以一償宿願。妳幾乎動物園一開館就往鳥園去，歲末跑得更勤了。

冠青鸞，全身褐色，頭頸是海水藍，上胸赤紅色，冠及頸背的羽毛是如墨的濃黑，腳為粉紅色，雄鸞兩根橘紅滾深藍色波浪尾羽，長達二百四十公分。因此，青鸞體型為雉科最大。由於姿態飄逸、尾長，加上害羞敏感個性，使牠棲於樹上居多。

莊子〈秋水〉云鳳凰：「非梧桐不止，非練實不食，非醴泉不飲。」梧桐為高大喬木，以體長來看，不難理解為何古人會說鳳凰非梧桐不棲。或許萬物真實之美，都需耐心等待，才真正被看見。那日，大清早在丹頂鶴區的妳，突然聽見青鸞叫聲。拜訪多次，公鸞大都棲息樹上，那天卻異常焦躁不安地在樹下走來踱去。

晨光熹微，除了妳與售票員，鳥園無半個遊客。

只見公鸞先在樹下對母鸞啼叫兩聲，母鸞隱匿未出，於是公鸞反覆啼叫，其聲短、高亢嘹亮，震動鳥園，彷彿出自丹田。於是遠遠近近，一旁丹頂鶴、皇冠鶴、天堂鳥、孔雀、維多利亞冠鴿等，也紛紛引吭高歌起來，瞬間百鳥婉囀，難分其音。

公鸞不多啼，只見牠望向母鸞，束緊飛羽，跳上跳下，啄咬樹枝，引其注意。這舉動順利讓母鸞步出，接著公鸞用爪踩壓地上碎枝，咬、啄、拋、拾，反覆數次，直至母鸞好奇趨前，牠一邊拋拾枯枝，上下點頭，尾羽慢慢高舉至九十度，一邊圍著母鸞優雅地繞圈，不多時如醉酒般踏步傾斜；側翼如閃電劃過天際，似開又合，高亢啼聲彷若奔雷；眾鳥喧嘩助陣，就在橘色內羽幾乎傾倒而出，灑向母鸞那刻；嘩地一聲，迅速開屏，飄長兩翅以高難度的瑜伽動作，幾乎三百六十度往前撲倒開展；頭頸消失不見。

陽光下，只見兩隻飄長尾羽，迅如火焰，往上攀升，蟲洞似的兩個深渦，金黃烈焰爭輝，千萬顆星月，如因陀羅網上的珍珠交織。黑洞的深邃處，是一雙湛藍大眼，正深情凝視著妳。那華美莊嚴、高難度展翅，多層次的千月之舞，令人心醉神迷。親睹鳳凰開屏，妳才懂得為何樸素的牠可以貴為百鳥之王，一切關於傳說、國畫所繪的種種謎團，豁然開朗，原來與求偶姿態有關。

公鸞開屏時，翅羽迅疾開合，可說紛紜揮霍，形難為狀；而前奏緩步、禮儀之舞，較之丹頂鶴更綿長。初鳴聲入九霄，大地震動，再鳴，鳥園周遭百鳥一起引吭齊唱，遠遠近近，其聲回響萬端、四面共振，難指其端。誰想得到，暗褐色外衣下，鳳鳴如此清亮綿長！

內羽是亮橘之焰，晨光照耀下，六米高的火紅藍羽，是攀升至高點的野火，竄燒高舉，襯得兩翅如團扇、發亮的烈焰，甚為炫目。剎時，公鸞翻轉翅翼如魔術，顯現眼前，已是浴火重生，開在光陰之河，彼岸的璀璨金蓮。

驀然浮上心頭的，是王陽明遊南鎮，與友說的：「你未看此花時，此花與汝同歸於寂；你來看此花時，則此花顏色一時明白起來，便知此花不在你心外。」

母鸞痴迷片刻，旋即低頭回隱處吃食。公鸞不慌不忙，就地蹲視，愛慕地看著母鸞。愛潔淨的牠，長尾曬掛枯枝上，令人目眩的千月之焰，只開一瞬。鳳凰求偶舞結束後，大地無聲，鳥園靜寂，令人屏息。離去時，妳朝牠合掌，深深感恩。等待是值得的，妳從未想過自己如此幸運，可以拍下鳳凰開屏的瞬間。妳想著人們來到動物園，總是急著去認識，匆匆忙忙地「做」什麼，常忘了簡單與動物同「在」，靜靜欣賞造物神奇之美。

鳳凰羽上，有碧涵軒園長倔傲身影疊映。妳魂牽夢縈的鳥羽，只能藏於心裡。

後來妳曾帶韓國朋友再訪鳥園，訝異發現園主病了，長長的眼睫毛垂下，病奄奄地在陳列館休息，只剩親友戴口罩四處導覽，並說明如何用地瓜葉連根打汁，預防鳳凰愛食花生米造成的痛風。

雖然北美動物園願意以高金聘請園主過去，但園主不捨宜蘭親人與鳥園，寧可抱病繼續照護這些鳥，又因生性高傲、不拘一格，不願讓太多人參訪打擾鳳凰，於是陳列館漸漸經營黯淡，只能藉有緣人士捐款、撿拾鳥羽，以義賣方式度日。

妳自然也捐款，買了園中綠孔雀、棕尾虹雉、灰尾孔雀雉掉落的胸羽收藏。妳不能問，也永不該問的，是卵羽館牆上那副完整的鳳凰之羽，妳深知那收藏，只能屬於一個人，一個傳奇。

《韓詩外傳》載：「鳳乃止帝東園，集帝梧桐，食帝竹實，沒身不去。」妳想這些愛潔淨的鳥，都很挑主人吧；古代只有仁德之君才能使鳳凰現世。鳳凰傳說可貴，在於某種貞潔的情操。更難得是現代有這樣的鳥痴，願意用半生來守護。這世界有各種不同角度的觀看，正如電影也有千種以上的拍法，各種意味深長的凝視。

而我們如何於一片繁華幻象的人間世，找尋真實的看見，那洞悉一切的靛色之眼？那是心之眼，也是內在之眼；是理解之眼，也是目睹已發生和將發生的眼。當青鸞用整個存在變成一隻眼睛，似乎全身上下的每個細胞都在觀看。

後來，妳發現動物園的生態區告示，說明園內母鸞正是張大千那隻，像無意間聽見上回戲曲遺落的下半闋，莞爾一笑。

在妳參觀的同時，動物園也詭譎地呈現平行時空：當一堆觀光客一進園便往貓熊區衝刺時，另一頭有更珍稀的青鸞靜默存在著，傳說的鳳凰，就棲息於清冷寂靜的高枝上，乏人問津。關於青鸞，妳在北城還有另一則插曲。

二〇一五年，當侯孝賢導演以《刺客聶隱娘》一片拿下坎城最佳導演獎時，妳同一群人擠在熱鬧的西門町戲院觀影。大家都好奇這片怎麼詮釋聶隱娘；可觀影時，左鄰右舍不時傳來納悶不解的竊竊私語聲、觀影後網路出現各家大惑不解、種種歧異討論，青鸞在此片是串連全片的象徵，妳自然也摸索其意。

侯導曾說聶字有三個耳朵，需要靜靜諦聽。「傾聽」是進入此片關鍵，至於「三個耳朵如何藏著一個姑娘」？由於此片著重於「隱」，女主角在全片只有九句台詞，電影又涵涉多重複雜關係，對白、敘事皆簡，著實不易觀賞。

片頭提到：「罽賓國王得一鸞，三年不鳴，夫人曰：嘗聞鸞見類則鳴，何不懸鏡照之！」

妳注意這段古文後不久，侯導便實錄青鸞求偶的叫聲，將其剪輯進去，堪稱細心。嘉誠公主與隱娘，都是藩鎮割據下，政治的犧牲者，即便出身皇親貴族，兩者同樣痴情，卻一者降嫁、一者失婚為刺客。青鸞折射出這些貴族女潔身自好，卻無同類的孤單與無奈，身為鳳凰卻無法鳴叫，沉默的隱娘一如撫琴不言的公主，她們的聲音都是被政權犧牲、壓抑的。是以片中隱娘始終在聽，她聽周遭的一切，聽師父、母親、父親，以及刺殺對象的一切生活，當她聽母親說嘉信公主曾嘆息她的婚姻被犧牲屈叛時，隱娘唯一對著鏡頭的特寫是低頭掩絹啜泣，我們無法直接看見她的表情。

看完此片，妳覺得「隱」，與「密」字，幾乎都為女人而設。

隱娘送回小時定親的玉玦，其意也是「欲絕」。身為一個刺客，道姑師父刻意以修行來絕情，希望隱娘不能有人倫之情，愛是行動的羈絆。然青鸞本性是深情、忠於另一半又愛子，這就與隱娘的本性產生矛盾。

青鸞唯有「懸鏡照之」可舞，正如隱娘邂逅單純的磨鏡少年，這也象徵真實的看見。最後隱娘選擇退隱江湖，正是與磨鏡少年的相遇相知，鏡子顯露實相，讓她看清一切，也與莊子心齋去除機心、回歸靈府之自然，也有道家遺世獨立、潛心修煉之義。

隱娘最終選擇離去，從婚約、師徒之情、家國之憂解脫，是以片中窈七變隱娘，磨鏡少年連聲呼喚的隱娘，正是她身分的翻轉。

歷史上，有多少被權力與政治犧牲的無名女子，她們都是隱娘，隱藏於歷史的縫隙中。原以為鳳凰是高貴無染的，看完現實與電影中的青鸞，妳發覺麻雀擁有的普通幸福，是貴族無法擁有的。或許成鳳的關鍵不在於身分尊貴，而是在於那眼，那澈見萬象的實相之眼，才能與德行相配。

望女成鳳，古今皆然。

多想跟父親說，妳發現歷來「紫府同宮」的女子，因命盤出現忌煞等星排列不同，有的會因此遁入空門。將相后妃之外，歷來文藝突出的高僧也多見此格。許是敏感的緣故吧？「紫府同宮」之人常常處於沉思中，現實的一切，都會反觀自照。

青鸞壯麗的宇宙之舞，千月之眼中深邃的眸子，其映射收納，讓妳想起阿萊夫（Aleph）。相傳阿萊夫是宇宙奇點，在永恆中所有的時間，包括過去、現在、未來的空間，都共時存在。阿萊夫直徑大約二至三公分，宇宙所有空間都原封不動的包羅其中，時空層疊，每一件事物都是無窮無盡，從宇宙的任何角度都可清楚地看到。

當人總以萬物之靈居高俯瞰，自以為是萬物的主宰，把動物們集結一處「觀賞」；殊不知，在天地萬象背後，或許有一隻宇宙之眼，也從千萬個角度觀察著居於地球之上的人們。那超脫一切之眼，居於阿萊夫之上，或許正沉默著記錄、看透每個人、每個瞬間。

【四】

烏鴉嘴

大烏鴉停駐在一堆白骨上——
黑色字體停駐白紙上，將想法啄食得一乾二淨。
——泰莉・坦貝斯特・威廉斯

Ishtar2019.5.24.
巨嘴鴉

除麻雀外，母親老唸妳烏鴉嘴。不是妳預言準確，而是常說錯話。奶奶忌諱妳跟妹妹收桌子時，老把收拾剩骨講成「撿骨」（令人聯想收拾遺骨），或是問爺爺「什麼時候走」這類鳥事。

烏鴉是雜食性，動植物均吃，聽說嗜吃死魚、家畜或野獸腐屍。在西藏、印度有烏葬風俗，烏鴉會和狗頭鵰聚合吃屍體。或許與死亡相關，烏鴉叫聲是不吉利的。小嘴烏鴉的英文是 carrion crow，carrion 是死肉的意思。布農族人為此不獵烏鴉、不吃烏鴉肉，認為烏鴉肉髒，甚至連打獵聽見烏鴉叫都是不好的徵兆。

據說古以《鴉經》占吉凶。唐代段成式《酉陽雜俎》說：「烏占，烏鳴地上無好聲。人臨行烏鳴而前，引多喜。」明代陳繼儒《太平清話》說：「鴉報凶，鵲報吉。鴉近忠，鵲近諛。」可見雖然烏鴉報凶多，古人相信其消息的可信度比喜鵲高。

在中國的造字傳統裡，烏鴉是象形字。但《禽經》補充：「鵶鳴啞啞，故謂之鵶。」鴉通鴞，中國與其他文化一般，烏鴉這個詞與保留其叫聲特色相關。細數這一串啞啞之名可有趣了：英文烏鴉crow暗示其叫聲crow，古英文叫「crow」，荷蘭語是「kraai」，德語是「krahe」。意外的是，這列隊伍自然少不了妳愛的卡夫卡。卡夫卡這個名字在捷克語原意是「寒鴉」，這發音也如烏鴉叫聲，他父親鋪子即以寒鴉作店徽。這巧合，讓妳相信卡夫卡的作品，都是一篇篇未來寓言。

印地安蘇族有句諺語：「水牛來了，水牛來了，烏鴉帶來這個訊息。」水牛代表豐盛與食物，烏鴉擅長為食物而聚集。鴉科共同的特徵是聰明、好奇、喜歡玩耍和難聽的叫聲。台灣鴉科有烏鴉、藍鵲、喜鵲、樹鵲。台北不像東京，烏鴉為患。北城常見喜鵲，一夫一妻制，雙雙出現。至於校園樹鵲、藍鵲，往往一出現就是大家族。

妳想各城市都有自己的代表鳥，若台北城是藍鵲之城，不知是何景象？

不只阿拉斯加的印地安長老留意烏鴉，認為渡鴉是世界的創造者，霍皮族人相信在世上的每件事物都有兩種型態：物質與靈性。「卡心努」（katsinum），這個字的意思是靈魂，來自於「卡親那」，卡親那是精靈，而精靈團體中的酋長，正是一隻公烏鴉，身旁老跟著一隻貓頭鷹。

烏鴉大概是鳥類中智商最高的了，不只《伊索寓言》記載其聰明的特質，以石堆疊投水喝，北歐神話也提到：諸神之王奧丁（Odin）失去雙目，雙肩上總是棲息兩隻烏鴉，一隻叫海吉（Hugin），代表思維；另一隻叫牧林（Munin），代表記憶。這兩隻大烏鴉每天環繞世界飛行，將所見所聞，毫無保留地向巨人神奧丁報告。

不過在羅馬神話中，烏鴉是被處罰的。據說烏鴉曾跟天鵝一樣白，白烏鴉幫阿波羅監視有身孕的愛人，但有一天，烏鴉報錯消息，結果被阿波羅處罰變成黑色的。直到如今，烏鴉與監視還是有很深的連結，烏鴉群一定會有一名哨兵，烏鴉巢總會築得很高，以便勘查整個區域，沒盡責的哨兵烏鴉，會被同類攻擊。

烏鴉會縱火。清代屈大均《廣東新語》曾記載：「儋州有烏鴉，能食火，每啣火置人屋上，以翅煽焚，則群鳴飛舞。」烏鴉這樣的行徑，確實引人好奇。

後來妳看日本烏鴉達人松原始寫的《都市裡的動物行為學：烏鴉的教科書》，才知道京都伏見稻荷神社也曾發生烏鴉縱火意外，烏鴉將點著的蠟燭錯當為食物，叼走飛到屋頂上，差點造成火災事件。後來他發現蠟燭的原料是野漆果實的油脂（這種果實是小嘴烏鴉野外最愛的種子）。他追蹤觀察城裡烏鴉、巨嘴鴉最愛吃的食物：美乃滋、薯條、炸雞塊等這類富含油脂的食物，可排前幾名。原來烏鴉天生懂得尋找高熱量食物與脂肪來吃，這也與牠們「貯食」的習性有關。所以烏鴉會蒐集蠟燭、肥皂之類看起來可以吃的日常用品。

台北動物園只有一隻巨嘴鴉，叫小黑，妳每回必訪。剛開始總是找不到牠，後來發現小黑保有哨兵性質，喜歡停在木箱上，籠內頂部居高臨下，只有中午跟黃昏時，啞啞叫個幾聲，有時遊客也會回應牠，鮮少下來。聽說烏鴉音域很廣，有很複雜的語言，但不會唱歌。

觀察動物園的小黑只有餵食才下來，其他時間都躲在高處休息。許是孤單吧？這樣愛湊熱鬧、群居的鳥，竟覺得牠有些落寞。前些年去花蓮兆豐農場，妳見農場內的兩隻巨嘴鴉吃隔壁樹掉下的蓮霧，妳撿籠子外面的蓮霧塞進去，一隻馬上藏在石頭下，不讓籠內另一隻烏鴉發現，可說精明奸巧。

烏鴉堪稱鳥中最聰明滑頭者。妳看過網路流傳一則烏鴉報導，烏鴉會趁老鷹、狗、貓等其他動物分神吃食時，躡手躡腳地靠近，略帶促狹地，用巨嘴拉體型比牠大許多的動物尾巴，這不怕死的搞怪舉動許是搶食前奏。

不過，研究者發現許多時候就算沒有食物，烏鴉也會純屬娛樂地做這件事。如美國生物學家勞倫斯・基勒姆（Lawrence Kilham）在《美國烏鴉與渡鴉》中說明了這種「拉尾巴」（tail pulling）現象其實是天性，因為他養的兩隻烏鴉不到三個月大、還不是為了吃的時候，就會去拉綿羊跟貓咪的尾巴了。

來鳥園多次，妳從未見小黑整過其他室鳥，許是空間狹小，聰明的牠得保持風度，避免成為惡鄰。倒是後來再去探訪兆豐，不知為何把烏鴉分在三區關，這喜好群居的動物，只能彼此遙遙朝對方叫著，有隻甚至磨掉自己烏黑的高帽子，磨成禿頭，也不肯放棄任何一絲越獄與同伴相會的念頭。

烏鴉善於偷襲，也善於躲藏。西蒙・巴恩斯（Simon Barnes）曾拜訪劍橋研究鳥類的專家尼基・克萊頓（Nicky Clayton）教授，她向他展示烏鴉足以跟黑猩猩相匹敵的智力水平，使他認為這種鳥是「利用人類的專家」，形容其叫聲適合歸入打擊樂，是「鳥兒們唱敘中一聲逗點」。

對妳而言，烏鴉象徵魔法，代表創造與心靈的力量。妳留意烏鴉帶給妳的徵兆與禮物。妳相信這鳥有神祕學意義，需要某種直觀的連結。比如凱爾特女戰神——摩瑞根（Morrigan）總是帶領著烏鴉一起飛向戰場，引領英勇陣亡的靈魂返回靈界，因此這位女神也被視為偉大的指引者，能夠穿梭在不同異界之間，了解光明與黑暗之間的道路，不受任何邪惡迷惑。

烏鴉與命運的聯繫，又有多少作家與之相關？隨手細數就有愛倫坡（Allan Poe）的〈大鴉〉、華萊斯・史蒂文斯（Wallace Stevens）〈看山烏的十三種方式〉；當代作家吳明益，也曾因巨嘴鴉分神摔車，暫停單車之旅；動物作家沈石溪，也因烏鴉惡鄰差點搬家。烏鴉的聰明與被聰明誤之事，時可見寓言調侃。

妳從未在台北城見過整群烏鴉，連一隻在戶外也少見。看著許多自然作家、學者筆下的烏鴉陣，妳只能羨慕地想像群鴉聒噪之景。意外的是，當妳遊韓國時，卻在益山區百濟王宮遺址實現這小小心願。當時妳正晨禱，對遠方彌勒山祈福，希望保佑旅途平安順利。幾聲啞啞聒噪之後，抬頭便見幾百隻烏鴉群集，如旋風般，從妳頭頂飛過。

許是妳站的位置靠近牠們喝水的溝渠，那刻，妳處在黑色羽毛風暴的核心，畢生難忘。初見龐大烏鴉群，妳為之震撼，興沖沖跑回去拿相機。當地好友的祖母告訴妳，少見烏鴉聚集這樣大陣仗，該地並不常有。是這區烏鴉聽見你的心聲了嗎？還是因為接近黃昏？

古人常點明群鴉歸巢時分。如楊載說：「江上秋雲薄，寒鴉散亂飛，未明常競噪，向晚復爭歸。」又如高啟：「啞啞噪夕暉，爭宿不爭飛。」黃昏鴉群飛過，是各朝詩人常見風景。妳不知是否因落日與烏鴉歸巢連結，所以中國神話中，太陽裡總是住著神奇的三足烏，是烏鴉帶來光明。

益山區烏鴉飛過後，不一會兒，天空飄起雨來。

聽說，烏鴉預報天氣。黃河流域流傳農曆四月二十四日為老鴉生日，若那天下了雨，老鴉淋濕一叫，當年的小麥收成便泡湯了。這首打油詩是這樣的：

濕了老鴉毛，麥在水中撈。
老鴉進城早，明日天氣好。

鴉浴風、鵲浴雨。
早鴉叫落，晚鴉叫晴。
要知今年何風多，不妨試看老鴉窩。

烏鴉可預測龍捲風雨，或其他天氣的變化，以不同的飛行方式來傳達預測，就神祕學角度言，跟烏鴉這種力量動物合作，會幫助人們觀察人生走向、調整人生進度，由於烏鴉最鮮明的特色是牠的黑，黑是創造的顏色，也是夜晚的顏色，代表從子宮誕生新事物。為此，烏鴉與魔法有很深的連結，特別是女巫。烏鴉在中古時期象徵鍊金術，代表nigrego——物體最初狀態，尚未成型、擁有無限可能。童年妳最愛宮崎駿動畫，酷愛以魔法師與女巫為主角，常見女巫變形的鳥就是烏鴉，在《借物少女艾莉緹》中，烏鴉也出現兩次，適時拯救這個小人族的少女，避免人類發現她的存在。

卡斯塔尼達（Carlos Castaneda）深刻敘述巫士唐望教導他修鍊變身術，得通過「內在寂靜」（inner silence）：「當人處於內在寂靜時，人類的另一種功能開始運作，使人成為神奇的生物。」在《戰士旅行者》一書中，他特別記載儲存內在寂靜的重要，巫士選擇變身烏鴉或貓頭鷹的好處是：烏鴉與貓頭鷹體型大，警覺性高，少有天敵，執行任務不至於被其他鳥類干擾。

為實現心中的魔法、織就自由的羽衣，妳願將邂逅每根鳥羽，當成一次內在事件，一次寂靜之聲，一次對話。不管吉凶，喜鵲、烏鴉都一樣珍惜。鳥羽是天空的訊息，是一則則公案，帶妳走向內在寂靜。那聲音與自然萬物，一切外在，同時又處於內在的事件對話。烏鴉全黑，翅羽卻有深藍到綠的金屬光澤，美得出奇。牠們也對所有具有反光、晶亮的東西特別好奇。在歐洲常有放在窗口邊、化妝台的戒指、寶石、飾品被烏鴉竊去的事故發生。妳還記得小時候聽過一個俄羅斯伊凡尋找寶石的故事：當時有一條河，天氣好時，河中就會閃現寶石的亮彩，可不管多少人下去打撈、潛得多深都一無所獲。只有伊凡悄悄按著閃光的方向尋找樹幹，最後他爬上樹，順利從烏鴉巢中取下這枚珍貴的寶石。

妳拾起落葉，遞給籠中的烏鴉，當牠以巨嘴承接時，妳體會到烏鴉嘴的厚實。那刻，烏非烏，人非人，有如米開朗基羅創世那幅畫中，上帝與亞當手指碰觸，近乎帶電的瞬間。妳與牠回到洪荒，想像第一隻烏鴉與人相遇的最初，爪手相握，微妙無聲的一刻。也許烏鴉嘴也沒那麼壞，妳心想。

【五】

鴻鵠之志

鴻鵠相隨飛，飛飛適荒裔，
雙翮臨長風，須臾萬里逝。
——阮籍，《詠懷詩》四十三

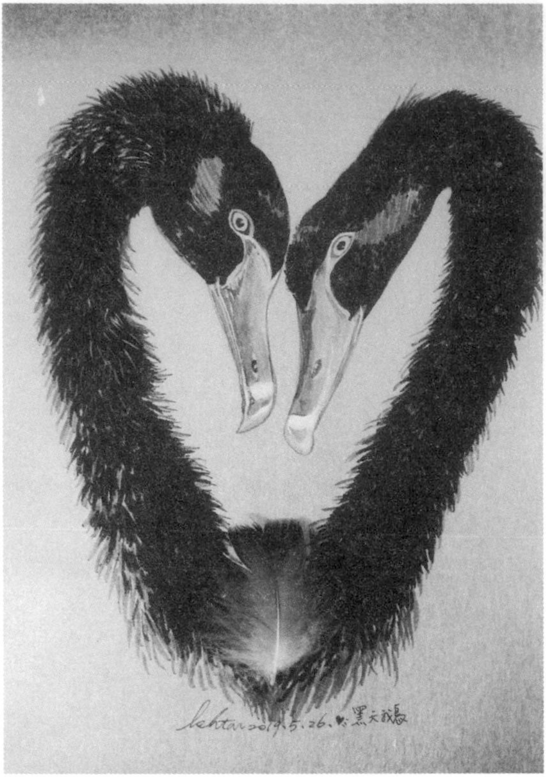

2019.5.26. 黑天鵝

從渡賢橋往下探視，魚群密密麻麻圍成三四圈漣漪，體型由小到大，由內往外排列。雪白微胖的牠搖頭擺尾，大剌剌地曬著太陽。溪水甚淺，不似寧靜湖泊可飄蕩，一兩點瘦弱的白鷺鷥斜飛張翅，以空中倒影喝阻魚群。夕陽下，鷺鷥的飛蓬如金芒草，閃著餘暉。牠們狩獵魚群很有謀略，先振翅恐嚇，如老鷹抓小雞般，溪裡如大尾吳郭魚、苦花魚等，會將小魚包圍在圓圈中心，外圍魚因體型大，鷺鷥無法一口吞下，權充保母之職。

鷺鷥左奔右趕，張翅大叫，魚群也左閃右躲，圍起水中陣，似楊家將點兵作戰，妳興味盎然地看著水空兩營如何變化陣勢。戰火中，白鵝自顧自伸懶腰，隔岸觀火。掏蛤蜊似的，牠把厚實的嘴，一遍又一遍放進溪裡洗滌，胖憨的牠弄得水色混沌。

這笨拙的傢伙，羽毛製成的羽管筆卻如此輕巧。索爾・漢森（Thor Hanson）在《羽的奇蹟》提到對某些藝術家和書法家而言，金屬的死硬筆觸就是比不上羽管畫出的線條那樣生動有力。他採訪唐納・傑克森（Donald Jackson）——這書法家描述用羽管書寫的好處在於：羽毛有觸感，卻感覺不到重量。當你以一支感受不到重量的筆書寫時，它便和書寫者融為一體。優勢是手不會疼痛，不需費力緊握，傑克森神乎其技地形容：「如果有人拿羽管筆寫字，那麼你應該可以走過他身旁，從他指間輕易抽出筆來！」

羽筆邀請人輕撫而非緊握，反觀中國書法，則強調筆力與勁道。

王羲之愛鵝，從其身姿習得永字八法。中西兩方文化，同樣從鵝身上領悟書法，輕重大不相同。妳看著橋下自然行書，白鵝曲頸，或許是遒勁的捺，飲啄是點，如是一撇一捺，從容不迫。同樣羽色如雪的鷺鷥，是飄逸、天然的瘦金體。牠小心飛跳出招，動作近乎勾與勒，彷彿每一筆都精心刻劃；白鵝肥胖、沉穩如顏真卿帖，由於停頓無心，大巧若拙地顯露一片飛白。

魚群很快朝白鵝游近，笨拙傢伙張開嘴，不費吹灰之力，小魚順勢入港，游進嘴裡。

「咕呱——咕呱——」驅趕老半天的鷺鷥不滿地朝牠直叫。牠精心策劃的勾與勒沒釣上半尾，反而一旁無所事事的胖憨傢伙輕鬆入口。收穫別人辛苦成果，豈有此理？於是瘦鷺鷥朝白鵝張翅大叫，飛近驅趕，這呆頭鵝仍滿臉納悶，不知何錯；於是一肥一瘦兩團雪，亂石堆中對峙著。

從橋上鳥瞰，瘦削高頸的鷺鷥精實，漆黑尖嘴如鑷，振翅如李小龍精悍，雖不比白鵝胖大厚實，自是熟練出招。反觀白鵝顯然是出走的家鵝，笨呆的牠搖頭晃腦，走的是醉拳路線，牠楞楞後退，一邊伸長脖子「訛加——訛加——」直叫，像辯白自己是無辜的，欲加之罪，何患無辭？

景美溪床，本是野鳥天地，何嘗容得下家鵝晃悠？二鳥就這樣一來一往地叫著撲咬，倒驚動河堤數條野犬狂吠。野狗們沿河堤迅速跑開來，鷺鷥識趣地飛往樹上，留溪底笨鵝躲也不是，跑也不是，繼續「訛加——訛加——」地狂叫，於是狗吠、鵝叫，政大附中放課的孩子們熙來攘往，也跟著在橋上看熱鬧，直嚷著：「快看！景美溪裡有一隻大白鵝！」很快地，圖書館前校犬察覺有異，紛紛集結，對野狗進行驅逐。兩軍對陣，又一陣狗吠。

附中放學的孩子也嚷嚷助陣，聲音此起彼落，好不熱鬧。

「鵝」之構字奇特，是「有我」之鳥。或許因此故，歷來文人多以此寓己。若有一種鳥可以反思「我」，從鵝身上，可見端倪。

古代天鵝叫「鴻」，《詩經・小雅・鴻雁》說：「鴻雁于飛，集于中澤。」陸璣《詩疏》曾區分兩者異同，鴻、雁同為中秋來賓，鳴如家鵝，飛行有漸序之進，這是相同處，相異處為雁色蒼，鴻色白；雁多群，鴻寡侶。他指出鴻鵠二者相等，「鴻，鵠，羽毛光澤純白，似鶴而大，長頸，肉美如雁。」

鴻較雁，除孤寡外，生性好潔。列子曾說：「鴻鵠高飛，不集汙池。」莊子最早以「燕雀焉知鴻鵠之志」許其大器。阮籍寫天鵝不惜在詩中連下三個飛字，彷彿孤獨愛潔、遠去的背影，脫塵不染的瀟灑遨翔，唯愛惜羽毛的鴻鵠配襯。

天鵝善飛，遠行有壯志凌雲之勢，寓志書寫，古今中外不乏其人，是以這片純潔的白羽揮之不去，縈繞於心。張九齡有「孤鴻海上來，池潢不敢顧」的〈感遇〉；葛洪說：「鴻鵠奮翅，不能卑其飛。」善登樓的王粲也有「鸛鵠摩天遊」之句，「壯志吞鴻鵠，遙心伴鶺鴒」是孟浩然之嘆；賈誼在〈惜誓〉想像天鵝高飛：「黃鵠之一舉兮，知山川之紆曲，再舉兮，睹天地之圜方。」杜甫狂想更驚人：「舉頭向蒼天，安得騎鴻鵠？」他幻想隨鴻鵠一去不復返。古人想像的人與鳥同飛，在現代是可行的。最早讓妳看不膩的電影是《返家十萬里》，記錄一對父女護送加拿大雁返家、保護棲地的溫馨故事。

雁與鵝古時互通，家鵝古呼「舒雁」，《爾雅》釋鳥云：「舒雁，鵝。」妳蒐集的家鵝羽，是鵝鶵的後代與白羅曼鵝。白羅曼原產於義大利，是歐洲最古老的品種，台灣於民國六十二年自丹麥引進，飼養最多。牠們一生被圈養於枇杷園內，即便能飛翔，從未離家太遠。每天清晨總浩浩蕩蕩、伸頸擺尾地慢踱園中，翻找雜草叢中的種子、昆蟲、蚯蚓吃食。

妳特愛美術課時，刷紅背景，畫一片海，點幾個人字遠去的鴻影，就是簡單的黃昏，省事之畫。夕陽無法丈量，但遠去的幾點飛影，突然天地就有了景深，扁平空間也立體起來，那刻天寬地闊，一派祥和。

奶奶飼養的家禽，飛逃只孔雀，鵝群從未蹺家過。

妳見宋朝吳邁遠詩：「可憐雙白鵠，雙雙絕塵氛，連翻弄光景，交頸遊青雲。」雲端交頸是高難度動作，大概只是古人對天鵝的想像，即便大型如天鵝，空中振翅也未必安全。妳曾見國外攝影家拍下白頭鷹空襲畫面，也曾見一幅絲絹，仿海東青擊天鵝的古畫，元人有鏤雕海東青擊鵠嵌飾，手掌大小，以精雕白玉刻海東青捕天鵝的英姿。

傳說在女真人祖先居住的境內（今俄羅斯遠東區大海），出產一種名貴的珍珠，珠蚌每年十月大熟，但此時海邊堅冰數尺，人無法鑿冰取珠。當地有一種天鵝，專以珠蚌為食，食蚌後將珠藏於嗉內。海東青會捉大雁，以大雁腦漿為食。於是，女真祖先便因此習性，訓練海東青捕天鵝。

海東青不大，如喜鵲大小。令妳印象深刻的是這樣小的遊隼，卻能輕易擊落天鵝。珍珠與天鵝，天鵝與遊隼，人與隼，層層遞進，彷彿蒙太奇鏡頭可對一顆珍珠無限收攝，限時縮影，想必此珠映現深海奇景：入海取蚌的天鵝，空中伏擊的海東青，最後這片白羽落回地面士兵的肩上，完成一場關於雪的迴旋，陸海空三度交錯的協奏曲。

天鵝浩劫是美麗造成的災難。十八至十九世紀中，吹號天鵝一度面臨絕種危機。正因貴婦們粉撲由吹號天鵝絨毛製成，殺害大量天鵝。現代保暖的羽絨衣亦從活鵝身上生取，製作過程痛苦萬分。

現今雖然已有取代鵝毛的人造物料，人們仍習慣羽絨衣。你想起高銀《唯有悲傷不撒謊》一段輕謔無知的詩：

鵝毛大雪飄落
鵝毛大雪飄落
一切無罪

天鵝是無辜的，羽毛像純潔真理，彷彿構陷後才清晰呈現人格如雪的鏗鏘。妳想起童年時看的俄羅斯民間故事《天鵝公主》；公主艾莉莎為了拯救被女巫繼母變成天鵝的十一個哥哥，離開王宮躲到山洞，日以繼夜用蘆草織就十一件上衣，只因女神告訴她不可跟任何人提起，唯有沉默織成草衣，讓天鵝披上，才可幫助哥哥們恢復人形。

艾莉莎辛勤地編織，即使年輕國王打獵遇見她，將沉默不語的她當成啞巴帶回宮中，她也不說明身分。想篡位的大臣造謠她是女巫才編草衣，謠言日日嚴重，導致年輕國王無法娶她為后。鋒利蘆草割傷手，被關進牢裡的艾莉莎依然不辯解，日以繼夜和著血淚，沉默織衣。行刑那日，她終於織成十一件上衣，天鵝們飛來圍繞刑場的她，一隻隻披上蘆草衣，落地變成了十一個瀟灑王子，艾莉莎和哥哥們歡天喜地團聚。真相大白，國王處死造謠的大臣與真正的女巫。

蘆草、冤獄、死刑。澄清需要時間，天鵝長羽需要時間，等待國王（或親人）的理解與愛，需要時間。當女孩長成女人，就像艾莉莎的沉默，妳覺得壓抑聲音，或者，等待羽翼長成才能發聲的時間，不管對男性或女性來說，都是痛苦的。艾莉莎之於戀人與父親的沉默，也是每個女孩成長時會遇見的噤聲時期。

沉默編織著，一直到雪白的真相呈現。

若把草衣換文字，取個蒙太奇鏡頭回望，能與艾莉莎並列的中國文人是蘇東坡。妳覺得東坡是中國天鵝的代表，不只他詩中常以孤鴻自況，他說人生如飛鴻踏雪：「泥上偶然留指爪，鴻飛那復計東西？」又說：「水光兼竹淨，時有獨立鵠。」經典之作莫過於〈卜算子〉：

缺月掛疏桐，漏斷人初靜。誰見幽人獨往來，縹緲孤鴻影。
驚起卻回頭，有恨無人省。揀盡寒枝不肯棲，寂寞沙洲冷。

這孤鴻的鏡頭一片清寂無染，是東坡初貶黃州，寓居定惠院所作。「孤鴻」寫自己寂寞心情；「揀盡寒枝不肯棲」是不肯同流合汙，所以只能獨宿沙洲葦叢。王文誥的《蘇詩總案》編此詞為「元豐五年十二月作」。在此不久，蘇軾因詩文被指控為「愚弄朝廷」、「指斥乘輿」，入御史臺獄，幾遭殺身之禍。

在妳的想像中，艾莉莎和東坡都在這片雪白鴻羽中飛翔。當她坐上十一隻天鵝啣咬的搖籃飛過大海，飛過繼母的壓迫，躲到山洞中編織；東坡也歷經政治迫害，一貶再貶。生命最後一年，他好不容易從儋州（海南島）獲赦，北歸途經鎮江金山寺，看到李公麟為他所繪的畫像，感慨萬千：

心似已灰之木，身如不繫之舟。問汝平生功業，黃州惠州儋州。

貶到黃州、惠州、甚至儋州的生活，是他生命中最困頓淒楚的時期，而他卻認為那是畢生功業所在。除了幾年在京師當翰林學士之外，半生時光，這隻天鵝都漂泊在荊天棘地中。誰想得到這飄然的孤鴻，年輕時曾寫下：「有筆頭千字，胸中萬卷；致君堯舜，此事何難？」即使被貶到海南島，他也在船上寫著：「九死南荒吾不恨，茲遊奇絕冠平生。」

文人是孤獨的，孤芳自賞如天鵝，只是歷來文人大多回不到真正的家園。攤開翅羽細數，可照見歷來失意者容顏。杜甫有「孤雁不飲啄，飛鳴聲念群，誰憐一片影，相失萬重雲。」群我之辨甚明，張九齡〈感遇〉說：「孤鴻海上來，池潢不敢顧。側見雙翠鳥，巢在三珠樹。」孤鴻是自喻，雙翠鳥或指朝中竊高位的李林甫、牛仙客二人。橫渡驚濤駭浪的孤鴻，卻對一條小小護城河不敢顧，說明朝廷險惡遠人於自然。珠樹是神仙世界的珍木，翠鳥們巢居於上，可謂顯貴，那小小翠鳥不可一世的氣焰，縱有大志，也令人喪氣。

文人能入廟堂議事少，一生輕如鴻毛，多半飄蓬轉失於江湖。這些晃蕩的鴻雁，時而三餐不繼、羽毛零落，還被燕雀嘲笑。那是容與不容，群我之間最實際也艱難的現實，不論李賀的「晚鱗自遨遊，瘦鵠暝單跱」，或是吳融說「為謝離鸞兼別鵠，如何禁得向天涯？」攤開天鵝雪白翅羽，上面反射太多文人的委屈倒影。

遠去的天鵝，一無所有，一無所依。

或許漂泊是宿命？正因遠行，視野寬闊，失意時反而呈現清醒的高度。正如天鵝適合遠眺，適合深藍霧色，佐晨光熹微，在一片水光雲影中空行。那時的天鵝優雅寧靜，超凡絕俗，一身白潔如玉。彷彿一方廣闊山水，養就千里之志。妳喜歡動物園的水禽區，該處離遊客最遠，只剩群山碧落，氤氳嵐影，若有鳥脫塵不染，最少干涉，無羅網羈伏，自在遨遊，怕是這方水域的天鵝最愜意。

雁鵝與鴻鵠，高飛者不多，人生不免有失志、落羽之時。聽說天鵝每年換羽，漁民稱為「甩翅」。脫落飛羽的天鵝會暫時失去飛行能力，那是最脆弱之時。天鵝七月換羽，東坡於七月過世。神祕的偶然，讓妳覺得一切自有定數。

就像「千里送鵝毛，禮輕情意重」這句成語，此餽贈典故，從回紇國進貢禮物給唐太宗那隻飛遠的天鵝開始，使者緬伯高因天鵝飛遠，僅剩一枚鵝毛，故上京賦此詩為歉，唐太宗不以為意，還厚贈使者，一時傳為佳話。爾後，梅聖俞寄一枚銀杏給歐陽修，歐陽修領悟，起筆為詩：「鵝毛贈千里，所重以其人。」

人，才是最重要的。

失志的鴻鵠，往往變成家鵝，守衛家園。妳見新聞有人養鵝守車庫，都市朋友嗤之以鼻，妳卻正色以對，堅稱那些馴化的鵝顧家戀家，不輸忠犬。

妳曾在天送埤被一群護衛小鵝的鵝爸媽攻擊，牠帶頭擊出球棒，厚實的喙，啄擊妳的球鞋、牛仔褲，這感覺像被突如其來的足球撞到，其實沒想像中嚴重。鵝主也心知家鵝護宅，然而牠們的下場，往往是烹調入鼎，對應那些流放的忠誠文人，妳不免一歎。妳也曾見宜蘭一間餐廳，那是一個俄羅斯人開的店，他改造舊有農舍，門外裝飾儉樸，門內種植當地蔬菜，保留宜蘭農村風光，裡頭馴養的大白鵝看見客人推開竹門，還會搖頭晃腦地前來檢查。

比起只知宜蘭買農舍種房子，蓋各國豪宅的台北人，這俄羅斯人展現的親和與入境隨俗，維持地景的精神，實在可貴。

「訛加——訛加——」景美溪的白鵝又叫了。

你也是被放逐的嗎，還是逃出來的？沿著河堤漫踱，關於天鵝與人，妳問號愈來愈多。然而，景美溪底有隻胖大鵝與瘦鷺鷥並列，仍是一幅趣景。

據說鵝的壽命一般在二十餘年左右，天鵝的智商僅次於鸚鵡，屬於鳥中的高智商種類。或許歷史上所有的賢與不賢、忠與奸，拉遠看都像溪底這種對比，只是不同立場之爭罷了。

瑪麗・奧利佛（Mary Oliver）有一首〈野鵝〉：

你無須行善
你無須一邊懺悔，一邊爬過百里沙漠
你只要隨心所愛
告訴我你的絕望，我也會告訴你我的

同時，世界繼續運行
同時，陽光和晶瑩的雨滴　灑滿大地
遍覆草原及森林、高山與河流
同時，野鵝高飛在清澈藍空中
再次歸返家園

不管你是誰，不管你有多寂寞
這個世界任你想像
呼喚著你，就如野鵝叫聲刺耳又高亢

一次又一次宣告著
你在萬物中的地位

這樣一想，在這個城市與冷冷冬季錯身，迎著斜風細雨，低頭縮頸、穿羽絨衣的學子，都是一則則披白羽的異地鴻鵠，以步履書寫遊記，那緊貼胸前腹背的羽絨，彷彿也滲入一根根雪白鄉愁。

【六】

羽衣娘

你和我都是一個未完成的故事餘緒，
共同繼承了一個認同失落與困惑紛陳的王國。
——蘇珊・阿布哈瓦，《哭泣的橄欖樹》

若遠去的鴻鵠代表男性之志，彰顯呈現為意志，妳不意外讀到一則則失志文人，這個「理想士大夫」在教養過程中，必須以國家為忠，盡可能表現「士」的精神、「男子氣概」，即使那意味著必須犧牲。

女人呢？受困的她常以籠中鳥、金絲雀做比喻，女人就等於鳥，也有不少神話。各地都流傳這類神話：一個獵人（或孤兒）行經森林池邊，遇見七或九位裸身洗浴的仙女，羽衣棄置於草叢中，男子的出現驚走仙女，他拾起一件羽衣不肯歸還（通常是最小仙女的衣服）。他要她成為他的妻子，為他生子，照料家務，怕她飛走，他藏起她的羽衣，不讓她發現。

那飛近池邊洗浴、被捕獲的純潔白鵝，脫羽就變身為女人。在此類故事裡，她衣毛成飛鳥，可以飛上天際。前述的艾莉莎故事其實是「天鵝處女」的變形，牛郎與織女故事也屬於這類神話。

這故事反映女人與鳥的相似：害羞、愛潔淨，美與輕盈，優雅與自由，雪白的肌膚、明亮動人、會說話的大眼。觀察此類故事，能變化成仙女的不是白鵝，就是鶴。女人彷彿是大型鳥，擁有隱形翅膀，靈魂可自在來去天地之間。妳注意神話學者的研究，從母系社會過渡到父權社會，竊取羽衣的神話有其象徵：女人的身分與命運，從那件聯絡天地的羽衣被剝奪，粗服的勞務開始，緊接著，她的一切由男人控制掌管，她的身體、時間、自由都隸屬於他。

考察「羽衣仙女」，最早可推至鳥崇拜時期，然後是人鳥結合的時期。最早羽衣娘版本，是天女不忘思歸，取得羽衣後毫無戀棧，直接飛天，後來演變羽衣娘為了孩子，重返人間，再帶走孩子回歸天庭；後期階段，天女思歸情節淡去，女人失去自我，完全同化於男性中心文化，她不但自願留下，甚至還辛勤哺育、輔佐孩子取功名，以孩子能否成就偉業為榮。在此過程中，她壓根兒沒想過討回羽衣，她早已在父權體制的功名與貞節牌坊中，忘了那件羽衣。

由羽衣仙女故事流傳與發展演變，細心讀者不難發現那同時也是女性主體聲音逐漸喪失的過程。別忘了書寫這些故事的，是男性，以及背後主導的父權社會，女人的聲音在不斷改寫中被剝奪，爾後沉默、消失。艾莉莎流著血與淚，沉默地編草衣，她最後只能換一個身分，一個貞節為名的紀念碑。

故事可以不斷變形，訴說這無愛又被剝削的殘忍故事。但我們別忘了，女孩是怎麼被「教養」成女人的，她對邊界敏感，從小身體就是禁忌，某些部位最好別碰，甚至月經是不潔、充滿羞恥的、禁止進入廟堂。可想而知，當女人脫掉衣服，在陌生男人面前赤身裸體，被迫進入性之中，羞恥、痛苦、背叛、憤怒、失去自己，種種不和諧的衝突與矛盾的情緒必定紛至沓來。

她成為婚姻的犧牲品，長期獻祭，而他還要她相信他的信念系統，進入勞動世界，換上粗服，以妻、以母之名忍耐。換衣就是改變身分，她由處女變新婦。當他行種種以愛為名的控制，剝奪她的羽翼與身體，藏起飛翔的自由，她咬牙為了孩子而妥協，那怕知道羽衣藏在哪裡。此時的她，因母愛而失去飛行的能力，對陌生的、強力奪走她自由的他，完全臣服。男人掌握孩子，控制女人。在這個故事裡，女人被犧牲，為了孩子。

愛沒有犧牲，控制才有。

曾是優雅的天女憤怒起來，於是「姑獲鳥」的變形故事出現了。此鳥又稱「夜行遊女」、「天帝少女」、「乳母鳥」、「鬼鳥」。她們是由產婦（乳母）死後變成的。姑獲只有雌鳥，沒有雄鳥，她們胸前長著豐滿的乳房，攝取人的魂魄，喜歡抱走別人小孩當作自己小孩撫養。居住之地磷火閃耀，總是夜間出沒。通常飛翔在七、八月夜晚，若見到小孩衣物，會滴血作為記號。因此鄉野老人常說，有小孩的人家，不要在晚上把小孩的衣物晾在屋外，免得被姑獲鳥抓走。

這故事也變相訴說女人一生最大的收藏是孩子：她的心血結晶。

披羽成鳥，去毛為女。妳想起張曉風有一篇〈母親的羽衣〉。她說未結婚前的每個少女都是天帝之女，母親口裡的外公、上海、南京、湯包、肴肉全是仙境裡的東西，而從她有記憶起，母親就是一個吃剩菜的角色，紅燒肉和新炒的蔬菜理所當然地放在父親面前，而她自己面前，永遠是一盤雜拼的剩菜和「擦鍋飯」。

「是她自己鎖住那身昔日的羽衣的，她不能飛了，因為她已不忍飛去。」她如此感嘆。

自妳有印象起，不只自己的母親、鄰居的母親，甚至現在變成母親的好姊妹們，只要認同傳統賢妻良母角色的女人，幾乎都會因吃剩飯、節儉，身材走樣。婚後的她們少逛街，鮮見添置華服，有的因做菜家務繁忙，沒時間保養，索性連妝也不化了。

至於不走傳統婚姻路線的女人呢？在「獨立自主」的口號下，她們成為不婚主義者、大女人，走入各領域的「女漢子」，成為另一種極端。說不上哪一種才叫自我放棄，這兩條路是每個女孩作自己之前，出現的兩種風格。一種不斷給愛，給到完全沒有自己，帶著對婚姻與家庭的埋怨撐持著；一種藉各種努力與打拚來證明自己，最後無人敢愛，常見晚婚，或很快離婚。

妳仔細思考：或許女人之所以成為女人，正因女人最珍貴的收藏不在自己身上，那份收藏成為愛，延伸至她認為更珍貴的人身上。女人雖然收藏物，但藏物是為了日後的照顧。這份照顧與愛的回饋是雙向的，這樣的女人保留原始天生的母性。妳或許也猜到為何女人無法完整收藏物的原因——

她的收藏總是超過她，超越物背後的一切論述，直視源源不絕的母性。

如同大地之母生育，承載、包容，並滋養萬物。這源源不絕的愛若無相對應的尊重與回饋，反噬的破壞力就巨大無比，當純潔的天帝少女走入婚姻中，她總是過度付出，隨時間推移，在關係中失去自己。於是她愈來愈覺得自己是受害者，他專橫霸道地利用她，自私自利；於是她異變為長著豐乳的姑獲鳥，在西方變形為豐乳長翅、人面獅身的女子斯芬克司（Sphinx）。她們充滿報復，對男性不耐煩，其憤怒之火，可將人輕易吞噬。在希臘神話中，此物代表神的懲罰。「Sphinx」源自希臘語，意思是「拉緊」，斯芬克司是可以扼人致死的怪物。她的人面象徵智慧，那關於人的謎底，在更深層次的意涵是「恐懼和誘惑」，亦即「現實生活」。

所有的生命都應是神聖平等的，性別亦然。妳厭倦千年來女性受害和被迫害的故事，放下那些陳舊觀念和信仰（有些宗教一開始就貶抑女性，認為她們不如男性），或許，我們更適合用「陰」與「陽」來替代男與女的截然分界。妳發覺，陰陽的能量是共存於男女之身，不分性別。

這時代有許多男人擁有敏感、纖細的靈魂。他們在意自己的外貌，穿衣講究，其才華、感官敏銳不輸女人；也常見女人擁有陽剛、銳利分明的特質，她們是女強人，在社會各領域發聲，巾幗不讓鬚眉。

可「我們」如何最終跨越性別，創造一個更和平的振動，解放彼此而達到更自由的層面，而不再只是對立與衝突？

這不是一本書可以說清的問題。

妳只想修補，藉由收藏鳥羽、整理這一切關於人與鳥的失落環節，找回那件最初的羽衣。

《道德經》說：「為道日損，損之又損，以至於無為。」妳喜歡「無為」的這個定義：「無為並非不作為、無所事事，而是在做中沒有為者。」妳收藏的一百二十八種鳥羽，都裝在一個紙盒內，輕簡省便，不占空間，幾乎沒有重量。這是個隨時都可帶著逃跑的家當，適合如候鳥遷徙的妳。

人的一生於電光石火中暫寄，短如白駒過隙，人與羽毛的際遇有何不同？飄蓬斷梗，珍惜行旅偶然邂逅的鳥羽，妳宛轉收藏，為之彩繪。深信這些鳥羽都有相稱的靈魂作伴，不管鳥羽背後的故事是男或女，讓這些吉光片羽，於書寫中神會。妳留意的，始終是他與她，男與女一同形成的「我們」，這份聯繫與關係。

生命是純真與世故，美與醜的相互依存。有時，天鵝也有惡魔般的祕密。在古博格・博格森（Guobergur Bergsson）的《天鵝之翼》中，農莊山頂的大湖怪獸會化身天鵝，唱出看見牠的人之性格與命運。於是每年八月初，村民們會騎馬上山，希望那白色的動物從湖裡透露牠所知的祕密。

有時，天鵝誕生了整個族群。如哈薩克族流傳的〈牧羊人和天鵝女〉，好心的天鵝見牧羊人在戈壁灘找不到水喝，於是口啣柳枝將他救醒，帶他到湖邊後脫掉羽衣，變成姑娘與他成婚。「哈薩克」（Kazak）一詞中的 Kaz 意為「鵝」，ak 意為「白」，合起來即是「白天鵝」或「像鵝一樣」的意思，白天鵝就是哈薩克的圖騰；或滿族的〈天鵝仙女〉傳說，脫落羽衣的仙女不慎吃了紅果子，或被獵人給藏起羽衣成婚生子，最後怕此事被天帝知情，連累孩子，於是變成天鵝飛去，據說留下的兒子向天呼喊「鵝！鵝！」，於是滿族人管母親叫「額娘」，由此開始。

羽毛是妳從大地母親接收的禮物。這份收藏輕盈、無價，每支都有祕密含藏其中。妳時而彩繪，時而書寫、希望用筆縫製這件羽衣，修補他與她，以及釋放體內被壓抑的陰陽能量，讓靈魂得以飛翔。妳收藏鳥羽，以文字與影像編織這件羽衣，融入許多生命的故事，主角有男有女，陰與陽就像鳥的雙翼，缺了哪方，生命無法展翅高飛。

妳沉默織著，追逐時間。

羽毛容納、撫觸、安慰每個掙扎的靈魂，正如愛希絲（Isis）女神披起羽衣，將丈夫四散的屍塊重先撿回、拼接，完成他該有的樣子，那被黑暗暴力謀害的身體，在歷史各種意識形態與征戰奪權中，充滿困惑，殘缺不全。男人之志，往往在追求社會與文化認同、被塑造成硬漢，不能流淚的長河底下，充滿飽受壓力，被撕裂，面目全非的無主之體。

「盍各言爾志？」當孔子最終答：「老者安之，朋友信之，少者懷之」時，妳深信那刻，孔子是以體內的陰性能量回應；他說的，正是女人一直默默在做的，那是地母滋潤、哺育萬物的特質。

妳也相信某種神祕聯繫，讓《論語》「問志」這段，放在〈公治長〉篇。

公治長是誰？若〈公治長〉拍成電影，可說是《論語》最大懸疑案。鏡頭一開始是這樣：孔子出場，慎重對眾人說：「公治長雖坐過牢，但不是他的錯，可以把姑娘嫁給他。」於是，孔子就這樣把女兒嫁給公治長。鏡頭前，想必也照到一堆不知所措的孔門弟子。

為何孔子會把女兒嫁給一個坐過牢的男人呢？真令人跌破眼鏡。

《論語》對此未多作解釋，〈公治長〉一開頭就是這樣奇怪的孔子嫁女懸疑劇。妳發現公治長戲分不重，之後未見登場，行蹤成謎。倒是唐代沈佺期、白居易的詩歌對此都有描述。沈佺期說：「不如黃鳥語，能免冶長災」；白居易嘆：「余非冶長，不能通其語。」

原來，公冶長這個人沒什麼特長，就是懂鳥語。

箇中原因，得參照其他經典。公冶長解禽語，明朝《青州府志》詳細記載這個故事。大意是因其懂鳥語，鴟（鵜鶘，即黑鳶）這種鳥就飛來告訴他：「冶長，冶長，南有死獐，子食其肉，我食其腸。」他前去看，果然得到死獐，但吃完後一時忘記分腸給鴟吃，於是鴟暗暗埋怨想報復。不久牠又飛來訴說如前，公冶長再度前往，遠遠遙望眾人圍一物喧譁，他以為又是死獐，恐他人奪去，大聲呼道：「那是我殺的！」走近才發現，原來那是一個死人。就這樣，公冶長被眾人捆入官府。長官問訊，他照實回答，長官當然不信，於是就這樣被關一陣。

直到一日，簷前飛來一群麻雀吵鬧，叫聲甚急。長官把他叫出來問：「若你懂鳥語，可說明這群麻雀聒噪，所為何事？」他傾聽良久說：「麻雀們說東鄉有一輛牛車翻覆，掉了一地小米，呼喚大夥兒前去啄食。」長官派人察看，果如他所言，於是才釋放他。

可惜的是，公冶長獲釋後，因獲罪之故，此學不傳。

當然，這不是說孔老夫子選婿以「特異功能」為主。註解《論語》的文獻都說孔子願意把女兒嫁給他，是因為他能「忍辱」。畢竟被陷害，非己之過，能等到適當時機澄清誤會，需要耐心。

為此，妳倒覺得孔子選婿可謂眼光獨特；他明白，有閒工夫聽鳥講話的人，一定也會包容女兒的絮叨，婚後會是個懂得傾聽的好丈夫。而被鳥陷害不多辯解，等到時機成熟再澄清，能有耐心容忍，代表婚後若與妻子起爭執，沉得住氣，能容下妻子一時情緒，直到可澄清誤會之時。

這樣的男人，懂得尊重女人，也懂傾聽天地。不像子路莽撞，憑一己之志，處理不合己意之事。孔子知年少之「志」，有時會流於血氣方剛之「鬥」，那是陽性力量的本能衝動，若浮躁會流於意氣用事。當他說少年「戒之在鬥」，老者「戒之在得」時，「得」也是收藏。

人生到了暮年，本不該囤積過多之物，得留些餘地，方能永續和諧，與萬物共存。

當然，孔子沒講這麼多，那是妳對孔子選婿這段懸疑案做出的聯想。女人是善於想像的，那是天帝之女最初的單純。這份單純往往被誤認為幼稚、孩子氣，不夠理智、過於感性而被壓抑著。若女人在婚姻中蒼老、變形為姑獲鳥，往往是這份天真被另一半壓抑、貶低、無限制地付出勞務相關。因為他總是嫌她「不理性」，老「情緒化」，她的存在次於他，所以她「理所當然地」得去做各種勞務，而他高高在上，發號施令。也正因他從來不懂傾聽她、理解她，自然無法和平溝通。現今離婚率攀高，妳不意外溝通與傾聽，是最基本問題。

妳將妹妹送妳的皮衣畫上一隻白鳳凰，純白的羽毛似孔雀，又像鷺鷥羽飄飛，妳沉默地畫著這件羽衣，想著用壓克力顏料畫上，這件皮衣將不畏風雨、不怕掉色。鳥圖騰可中和皮衣陽剛之氣，成為另一種藝術。陰陽調和，反而有一種動中靜、平衡之美。就像觀音像，穩坐蓮池的畫像，不如浪濤中騎龍施水，令人難忘。妳後來乾脆在雨傘、皮包、鞋子、石頭上都畫上鳳凰圖騰，彷彿回應某個召喚似的，妳將鳥羽這件收藏延伸、變形，滲透到日常用物的每一處。

妳想，真正的平衡從非死靜，而是在一波又一波的歷練中蛻變。妳沉默彩繪著，若鳳凰浴火而重生，被藏起羽衣，是每個女人的劫難，也是歷練。

換個角度說，當一個女人主動收藏羽毛，她想拾回的，是失去的女神之力。

比如北歐魔法女神——芙雷雅（Freya），這位美麗的女神美豔無雙且驍勇善戰，在北歐神話地位崇高，據說她的法器是千羽斗篷；一件以各種羽毛織成的斗篷，只要披上它，她就能化身各種形貌，透過斗篷魔力，女神能夠變化成各種可能。再看看埃及的魔法女神——愛希絲，在她的傳說之中，曾經使用翅膀搧出的魔法之風來喚醒亡夫歐西里斯（Osiris）的靈魂，讓丈夫復活重生。她的魔力如此超群，在埃及眾神之中也是非常出眾，能夠起死回生並施展各種強力魔法。當女人最終能拾回力量變回女神，又會怎樣呢？

妳想起紀伯倫《先知》的一段：

但如今，我們的睡眠已經逃逸，夢已經結束，且天也已大亮。
正午當頭，我們的半醒已變成天光，而我們必須分手了。
如果是在記憶的暮色中，我們應該會再度相遇，
我們會再度交談，而你將對我唱一首更深層的歌。

女人等男人唱一首不同的歌，一首更溫柔而深層的歌。她知道只要想飛，編織後翅膀仍在，只是那份力量已和未經人事的少女天真不同。人間磨難讓少女的天真蛻變為智慧之翅，那是從心中長出來的翅膀。她終將飛去，留下羽衣給他。當他願意披上羽衣來尋，看見她看見的世界，聽見她的聲音。或許那一日終將到來——

他與她肩並肩，超越物的層次，靈魂一同飛翔於天際。

【七】琉璃鳥之歌

遺忘有一把豎琴，記憶用它彈奏無聲的憂傷。
世界讓我遍體鱗傷，但傷口長出的卻是翅膀。
向我襲來的黑暗，讓我更加燦亮。
——阿多尼斯，《我的孤獨是一座花園》

Ashton 2019.5.28. 紫嘯鶇

木柵又飄起綿綿細雨，妳收起窗外的燭台，靜坐後，妳習慣將蠟燭吹熄，靜置窗外等餘煙裊裊飄散。一日陰雨，妳忘了順手收入，午夜便聽見窗外有鳥鳴叫。睏意讓妳無法起身，溫暖被窩留妳翻身覆睡。然朦朧微光，窗外翹高尾、拔尖嗓，一抹暗色琉璃影，早已透露訪者身分。

清晨，妳審視翻倒燭台，不意外蠟燭留有爪痕紀念。這調皮大膽的夜間精靈，難怪別名叫「烏精」。這精靈是慣竊，之前窗台香草植物老是歪歪倒倒，火山泥老有被搬動的痕跡，妳五點起身窺視，這才得見小賊全貌，妳認為鳥界巫女非牠莫屬——紫嘯鶇。

台灣特有種鳥類中，就屬牠行蹤最隱祕、出沒時間不定，鳥羽全身紫彩。或許這巫女還擅長用高頻哨音召喚月光與水，不然怎麼解釋，這紫精靈喜歡出沒於溪流河海，各種水域？

留意這種鳥，始於牠的怪癖、獨特姿態。宿舍外的李園，是野鳥咸集的小公園。翻閱因鳥聲失眠紀錄，妳曾有午夜、凌晨一點半、三點、四點到五點之間，聽見這巫女婉轉銷魂的斷續聲響起，遠遠近近，同一首歌旋律如餘音繞梁，此起彼落地接力唱著，清澈渺遠。

耳蝸是無盡廊道，每日，這巫女空廊唱頌，盤旋上昇。

若其天籟如斑鳩、鵪鴣叫個數聲倒好，偏牠總是午夜練嗓，擾人清夢；或等黎明黃昏，日夜恍惚交替之際練習。午夜前，則是領角鴞、黑冠麻鷺輪番上陣，演出聲聲喚，等妳終於熬過殷殷懇切，羅密歐與茱麗葉那樣心急叫喚彼此的舞台劇，好不容易得幾分清靜；正欲入眠，怎料紫嘯鶇卻在萬籟俱寂時，引吭高歌起來。

聲音沒有界限，暗夜每個單音，都是孤立的星球。每個音符擴張與收縮，都有自己的方向。妳眼瞼開闔如夜的縫隙，篩過月光下的音符，換上魚肚白的餘光。

據調查，世界上一萬種鳥類中，約四千種是鳴禽。鳴禽以歌唱的方式向公眾宣示領域，鳴唱也是獨身雄鳥，對雌鳥傳情的特色。鳴唱與鳴叫不同，其特徵是必須意思明確、發聲清晰、多音節、叫聲長且婉轉流暢；雄鳥必須透過學習才會鳴唱，在純熟之前需反覆練習，人類聽起來像音樂，有一定旋律。簡言之，鳴叫是不學即會，而鳴唱卻如鸚鵡學舌，需要天賦與反覆練習。

如此說來，紫嘯鶇必是最勤勞的高音聲樂家，不分晝夜練唱，金背斑鳩負責低聲部，只是懶惰點，晨昏才練唱。被騷擾幾夜的妳，如是想著：這鳥凌晨高歌，白日定是沉沉睡去吧？

六點，一夜無眠的妳揉著惺忪睡眼正欲買早餐，豈料「kree——gee！」一聲，如老舊腳踏車尖銳剎車，伴隨一抹藍紫色閃電，迅速劃過眼前。這巫女快捷纖瘦的綳跳身影，伴隨開闔如扇、擺上捺下的尾羽。這朵闇夜紫羅蘭，在妳眼前，一閃即逝。妳好奇趨前，伴隨整晚失眠的惡整情緒，想跟蹤這巫女究竟在做什麼？

只見牠也不怕人，往前綳跳幾步，尖嘴往地下一鑵，一尾活蹦亂跳的粉紅蚯蚓就癱在草地上，一個箭步穿刺，早餐順利入腹；跳個幾步，另一尾蚯蚓眨眼出現又消失。速度之快，前後不超過五秒。

妳揉揉眼，瞠目結舌，紫嘯鶇是怎麼發現蚯蚓的？牠不像黑冠麻鷺審視半天才出手，亦不像金背斑鳩在草叢翻找，低頭啄食。牠彷佛上演空中抓藥巫術，頭不低眼不瞧，只是尋常跳步，尖嘴往前一鏟，粉色蚯蚓一隻隻如魚跳港般獻身，著魔般飛舞、破土而出。

太詭異了！不知是尖銳嘯聲的高音頻讓蚯蚓頭昏眼花，還是彷彿跳踢踏舞的扇尾開闔讓食蟲著迷。許是昨晚失眠，妳如電影慢動作靠得極近，突然向前撲。但巫女黑曜石般晶亮之眼眨也不眨，一轉身，便飛上七里香，圓著眼瞅妳，似在嘲笑。

妳萬分尷尬，回到剛才牠啄食蚯蚓處，赫然發現地上遺落一根次級飛羽，羽幹明顯側偏。一開始妳以為這是鴿子的，直到日光下分明照得半黑半紫，妳才確定撿到的是紫嘯鶇的飛行羽。飛行羽主要功用為展示、防水，即便一根也擁有絕佳的空氣動力效應。

如一枚樹葉筋絡可分岔如樹，一根羽毛是整隻鳥的縮影。

妳凝視著，想像這巫女如何披上紫羅蘭體羽，羽緣銀白、全身濃紫；想像牠如何刷過風聲水影，月下沐浴？當巫女起舞時，全身閃閃發亮，襯底盡是銀質金屬光澤。誰想得到，這巫女胸羽異常柔軟，如極小的鴕鳥羽毛，染上水墨的漸層，羽絨如花瓣飄逸、輕盈。試過水墨蝴蝶蘭、荷花、菊花等排列，紫嘯鶇之羽不管如何組合，都令人驚豔。

羽色與叫聲，讓「鐵老鴉」、「山鳴雞」、「蕭聲鶇」都是她的芳名。妳覺得最適切的別名是「琉璃鳥」，紫嘯鶇是暗夜琉璃，雖有華彩紫翼，總刻意隱藏，將聲線唱成幽谷，穿越濃墨夜色，等待曙光。

這巫女變調輕易，如情人變換聲嗓，取悅另一半。警告聲則刺耳如煞車般尖銳；求偶曲又親密呢喃，柔洽如黃鶯出谷，一個調可以重複疊加，清甜可人，黃昏、黎明，款款演唱，久不厭倦。

暗夜琉璃之歌是情書密碼，互通款曲。聲浪一次次襲來，無法停止，不知讓人如何面對。

牠們遠遠近近、顛來倒去說著相似的話，一再纏繞同樣的旋律，如同戀愛中的情侶總是表情、口吻相似，不管旁人存在與否，這類痴傻情話聽久，難免膩煩。

不管多驚天動地的愛情、呢喃如夢的情歌，只要不與自己相關，都是他人故事。直到觀者換為被觀，配角成主角，女人才會痴痴相信，這就是愛了。

妳自然也被騙了一次。一日，妳拿月光石放窗台曬月，趁滿月補充能量。妳擔心項鍊被風吹落，還用鈦晶手環包住月光石。凌晨五點，一隻紫嘯鶇造訪窗台，站在鈦晶環上，對著室內唱歌，那是非常輕柔的求偶曲。

妳被如此明亮的顫音震懾住，以前慣聽琉璃之歌從遠方傳唱，恍惚如夢囈，那日竟被水波溢滿整個房間的藍光包圍而詫異。像站在空盪舞台，突然音響開啟，妳被整個漂浮於宇宙的單音包圍，彷彿就站在舞台正中央的音箱上。難忘的是窗外的牠一叫，遠遠近近，各處紫嘯鶇不約而同，都唱起同一首歌來，彷彿布農族八部合音，立體天籟環繞整個世界。

那刻，滿月隨嘯音漲潮，淡藍光暈從天際蔓延至山頭，直隨風中合唱滑過林際，蔓延至房裡。那刻窗台變甲板，音波如水色款款滑過，妳是被誘惑的水手，著迷各種深的、淺的、大小遠近的海妖們，迷魅地用各種單音，此起彼落地呼喚。紫嘯鶇只對月光歌唱，情景魔幻，每次和聲，都開啟一個深谷。

歌聲是欲望，同書寫一般，希冀聆聽，渴求理解，甚至陪伴。

妳竟開始欣賞這巫女了，畢竟牠帶來滿月之力，擁有將音符變成光，又變成水的魔力。那確實是神聖儀式，讓妳防備趨於單薄。清晨開窗，妳發現月光石偏移數吋，好在寶石沉重，若再輕些，唱完詠歎調後，恐怕就變成寶石竊賊了。

生與死，迷失或重返，對水手來說，都是同一片海域發生的事；得與失，喜悅或憂傷，對女人來說，都是陷入愛河的危險徵兆。

聽說紫嘯鶇體型是台灣鶇科中最大者，雌雄羽色相同。不似其他鳥公母羽色分明，那是另一種關於默契的魔法，關於愛與被愛，唱同一首歌，於是面貌體態，漸漸相似。

這種鳥雖然像個默劇演員般老愛吹口哨，蹦蹦跳跳，對著落葉抖抖屁股，像個滑稽的小丑，無事自得其樂。突地猛一啄，獵物騰空躍起，猝不及防，眼前牠會從小丑，瞬間變成異常鋒利、冷靜的殺手。變臉比翻書還快，難以捉摸。

妳突然想起這巫女所下的每個咒語，最終都回到自己身上。難怪除交配繁殖外，巫女們總是獨來獨往。曾見小坑溪楓香樹牠們交配身影，快速而草率，一點不似李園內在伴侶旁輕柔唱曲、為求愛蹲跳久久的紫嘯鶇。如阿多尼斯〈最初的書〉所言：

妳便是這樣的過渡，在每一個意義中誕生。
妳的臉龐難以形容。

英國野生動物專欄作家西蒙・巴恩斯（Simon Barnes），在《聆聽：與一隻鳥相遇的最好方式》一書中認為：「當我們傾聽鳥類語言時，同時也是在探求語言的本質、聲音的意義，思考我們與其他生靈的共通之處，以及自己如何感知並聯繫人類以外的世界。」

對妳而言，紫嘯鶇是語言最初的過渡，在愛中變換聲音的容顏。

牠的翼羽還停棲在妳書案上。妳低頭細審，想起三島由紀夫曾觀察草葉細微邊緣，他認為世界要崩毀，從一根最細微的草之鋒芒開始。這作家用小說告訴我們，美是有侵略性的，只要一個起心動念，過度耽溺，再華美的永恆建築，都可能毀於一夕。

愛如何表達呢？時光如何刪減，只剩下「我們」？

情慾來潮，妳總希望戀人甜言蜜語，對妳談情說愛，當戀人說出那個字，又覺得遙遙不及。於是每次確認，便是女人對某個單音的痴迷。愛存在，卻不存在於言說之中。心理學家拉岡（Jacques Lacan）說：「事物消失之處，詞語出現。」命名有限，當人在符號世界中成為人，成為說話的人，勢必意味某些事物的本質，隨著言語消失。

面對等待堆疊的空間，妳相信盤旋覆沓，重複單音的紫嘯鶇，還不懂得折疊情感，如同這時期的妳，心是琉璃砌成的，對某個單音的呢喃，於枕被間徘徊不去。妳還不懂，或正在嘗試理解一種老派默契：有時不說，比說還重要；短即沉默，長無意義。

妳想起毛姆的《剃刀邊緣》，主角最後從美女與物質誘惑中抽身而退，在東洋神祕思想中找到心靈的寧謐。或許紫嘯鶇的獨來獨往是巫女本性，保持自己某部分鋒利，留給戀人夜之謎語。妳將這枚鳥羽贈予詩人，妳覺得他很適合日與夜的邊界，眼神有光，嗓音獨特，卻因個性謹慎低調，成為漫漫長夜的舞者。

觀察校園裡共有六隻紫嘯鶇，分據李園、圖書館前、車庫，及噴水池附近，小坑溪前後各有一隻據點。妳從未想過，贈出唯一翅羽後，就發現紫嘯鶇的鳥徑。妳拜訪的那隻是孤僻隱士，跟隨蹤跡，妳發現牠愛在水溝旁狩獵。滴答滴落的雨水、潮濕的月桂樹、荒棄的酒罐、碎玻璃，正好映照其面容。紫嘯鶇出沒水泉處，常有蝴蝶吸水。可能少人拜訪，這荒地充滿牠不同時期掉落的胸羽、尾羽、翅羽，特別暑假期間，校園人煙稀少，妳又常來巡覓，很快地，紫嘯鶇之羽，竟成為收藏最多的鳥羽。

每根胸羽，妳視為遺落的墨彩線條，等待套色的國畫。收藏可貴之處，不在於藏，而在於收。關鍵在於收者頻率是否相同？如是，那怕收藏是唯一，妳也不惜相贈頻率相近之人。隨歲月流失，妳慢慢瞭解所有禮物的故事，關鍵不在於物，而在於人。只有那樣的人願意理解，可以明白物背後之情，如是本來為物的禮，才能在收的瞬間，昇華為情。羽毛是讓妳昇華之物，充滿故事的收藏；回憶是反覆鳴唱的印象集錦，不斷訴說憂傷，或美好的愛。

最後，不管去動物園多少次，總未見紫嘯鶇蹤跡。好奇問管理員，答曰此鳥不受拘管，自二〇〇〇年停止噴灑滅蟲藥後，園區生態環境得到維護，各處可巧遇牠們蹤影，或單獨覓食，或築巢育雛。總之這鳥自由自在，不羈身影遍布整園，彷彿一個轉角就能遇見，行蹤成謎，只能期待，無法等待。

那陽光下驚鴻一瞥，閃耀、神祕的野紫羅蘭，美妙歌聲只屬於夜晚。由於雌雄羽色皆同、曲目一致，如分身般，藍紫色的牠們立著，站在日夜邊界，各自在枝頭上守望，唱孤獨頌歌，月光下以嗓音開出一座花園。

【八】

八哥記事本

啊！用妳熾熱的嘴襲擊我
或者，用妳黑夜的眼訊問我
讓我航行於妳的名字裡
並且安睡

——聶魯達

lehtan 2019.5.25 八哥

「小八、小八——」長得像明星比莉、穿著入時的婦人，親切地對八哥說話。

「八——」雉科區的台灣八哥從樹梢一躍而下，順著她尾音叫著。

「Come here！」捲髮的她勾勾手指，小八就跟到哪，彷彿是她的寵物。

「你怎麼知道牠叫小八？」妳好奇問。

「告示牌有寫，咦？」她看告示牌，「這牌子有換過，以前有寫牠名字是小八，什麼……救傷計畫？」她拉下太陽眼鏡仔細看了看資料，轉頭朝妳眨眨眼：「這肯定有人養過，才不是什麼救傷計畫的鳥呢！」就像市場裡的歐巴桑對任何事情都有自己合理的推測與判斷，不肯輕易相信廣告或官方說詞，這時髦的婦人也有自己的看法。

「Go，go，go！」她微笑：「小八跳舞！」籠內八哥果然鞠躬，上下擺動。

「說——你——好！」她以鼓勵愛犬的眼神，拉長音靠近牠。

「你——好——」小八點頭，也跟著拉長音。

「Good！」她稱讚牠，只差沒伸手摸牠的頭。

妳不可思議地看著眼前一整套馴鳥術，小八配合演出，而她彷彿訓練家犬般熟稔。

「我常來，牠認得我。」對於她的訓練效果，她顯然很滿意。

若動物園像一本書，一百位遊客，就會產生一百種讀法與意義。木柵動物園內的鳥園，是妳清晨最大的探寶地。妳以不干擾鳥類的和平方式，只是靜候牠們自然靠近攝影，這等待彷彿靈啟。也因為等待之久，可以觀察園內一些特殊遊客，比如這位鳥姐堪稱經典，每隔一陣來訪就會遇到。透過這些吉光片羽，妳思索鳥與靈魂的關係，也思索男女、父母、母女，城市與鄉村之間的關係。一開始，妳先思索「女性收藏」這件事，畢竟這套羽毛收藏並非透過科學採樣分析，只是透過隨機的自然採集，妳也思考自己此刻在這個城市、這個時空，收藏這些鳥羽究竟代表什麼？

若問女人逛動物園，較之男人有何不同？最大差異，是男性遊客總以知識性的瞭解為主，通常導覽拍照，都先確認物種，以能講出其習性、棲地等科普類資料，展示博學為滿足。男遊客鮮少在同一種動物欄位前待太久，除非擔任解說一職，否則會飛快趕往下一個園區。女遊客可不然，她們通常不會逛完整區動物，總會在她喜愛的動物前逗留許久。

她融入牠的存在，彷彿她是其中一員。

妳懂這個感覺，這也是妳為何會在小八面前停留許久的原因。許多男遊客停留於此是為了藍腹鷴，對八哥這種再也普通不過的留鳥，往往不屑一顧。常見小八熱情地飛下來講話，當小孩與女人驚奇時，男遊客卻在牠飛近時焦點迅速轉至隔壁台灣藍鵲，匆匆走開。

「鴛鴒是最賤、最常見的鳥，飼來銜啥？」父親用台語怒罵。

台語的「鴐鴒」，是東部常見的鳥。八哥古名鸜（鴝）鵒，南唐李主諱煜，才改鸜鵒為八哥。明代張自烈撰《正字通》：「鴝，又名八哥。」因其「身首皆黑，惟兩翼各有白點，飛則見如字書之八。」以翼上白點於空中書寫八字形，加以「成群多聲」的特色，八字下得精準。《負暄雜錄》說：「八哥，亦曰八八兒。」

妳從不認為八八兒常見就是低賤之鳥，事實上，牠曾因發音位如仙鳥。如連雅堂撰《台灣通史》記載：「鴐鴒，或作迦陵，則鸜鴿也。畜之馴，能學人言。」周鎮在《台灣鄉土鳥誌》解釋：「迦陵一名，來自《楞嚴經》云：迦陵，仙音，遍十方界。」接著又注：「迦陵，仙禽，在卵殼中，鳴音已壓眾鳥。」

八哥之音雖動聽，卻不如畫眉或黃鸝悅耳。妳查一下，原來「迦陵」鳥在梵文為「kalavinka」，原義指印度的杜鵑鳥，後來引伸為如杜鵑鳥啼聲般美妙的聲音。連雅堂以兩者音近比附佛典，周鎮又附會，可說解釋有誤。

事實上，妳倒很歡喜這美麗的錯誤。誰叫叮叮、咚咚是妳第一次養的鳥種呢！遠在東河的小叔撿到因颱風掉落的一對八哥，知妳愛鳥，將一對幼雛攜回初鹿給妳養，妳歡喜異常，如獲珍寶。不管父親如何怒罵，妳用紙箱與碎報紙當巢，昏黃的小夜燈保溫，設備雖然簡陋，卻喜孜孜地當起媽媽來。觀察這對八哥大概凌晨四五點就不安分，會在紙盒內搔抓，平日無事會睡到中午的妳，揉著惺忪睡眼，再睏，也會起來泡飼料、餵食。

也是那時，妳體驗成為「母親」的感覺吧；小時妳最常被唸的，就是與動物無區別這件事。妳將叮叮、咚咚這兩隻八哥養在臥房內，時時看護，連撞到玻璃門的五色鳥，天竺鼠、小狗、小貓，外宿認養的兔子等，都曾抱回窩裡同睡。

「髒死了！妳不知道床是人在睡的地方嗎？」

妹妹與母親總是拿起棍子，將妳與懷中的動物們，一同驅趕出境。可妳體內確實有某種動物雷達，感應天線，一種說不出的感應力，讓妳能直覺地與動物相遇。

老家離原住民獵場極近。有次，山裡獵人獵了母山豬，小山豬咿咿呀呀地衝撞前面枇杷園，適逢家中老狗過世，晚餐剩飯沒人吃，妳推測牠躲在竹林後面，天黑會出來吃園中掉落的芭樂。原因是，以前那棵芭樂樹落果滿地，這幾日地上不見半顆。於是妳將裝滿剩飯剩菜的鐵盆放芭樂樹下，明日去看，果然一空。於是妳與牠形成默契，妳收集廚餘，日日餵食。就這樣過了兩週。

一日，山豬聞妳腳印氣味，循坡爬上來家裡。一大早上廁所的妹妹簡直嚇壞了！當時青著臉，直嚷著：「山豬上來了！牠、牠上來了！從枇杷園上來了！」妳驚喜起身，果然見牠四處嗅聞找吃的，驅使妳走進廚房拿起地瓜，正是一種說不上來的「母性」本能，讓妳眼中只有牠，只想照顧好眼前的牠。

當時妳清理爺爺留下的舊豬圈，用食物誘牠進去，認真養了起來。還給牠起了個河馬卡通「魯魯米」這樣可愛的名字。妳用乾稻草布置豬圈，插上王爺葵，整理舒適後，馬上跳進草堆與牠一同打滾，同牠並躺。不到三天，宅急便送貨時，這頭山豬箭毛倒豎，防衛地驅趕貨運車，送貨員大嚷：「快！快！叫牠進去！這頭山豬妳一定養很久！兇巴巴的！」說不上的感動泛上心頭，妳臉上漾著微笑，其實牠才來一週不到。觀察吃睡是動物要緊事，可能無形中妳的滋養與照顧，讓牠把妳當朋友護衛了。

傷心往事不多提，在媽與妹妹眼中，牠是比犬還大的生物，食量驚人。趁妳去外縣市讀書時，她們馬上把牠送去給原住民朋友養。據母親說這豬有靈性，出外時，只要誰穿了妳的拖鞋，牠就跟誰走。想必當時她們也是用這方法把牠拐上車，送給原住民朋友的吧。

有區別。

妳覺得自己與媽媽跟妹妹，有了很大的代溝。只是妳始終沒說出口，畢竟為了山豬跟親人絕交，是很不合理的。可是魯魯米跟妳之間的情誼怎麼辦？妳們可是被無情拆散，而且之後原住民朋友還把牠養大宰殺了，分些肉給母親，當時她還覺得送出去是划算的。

「在家只是食了米，」母親說。

「了」，要用台語唸，加重音近「料」，「浪費」的意思。

「用刀解剖關鍵性的字，它會流血。」愛默生說。

妳的家人理所當然把妳的山豬朋友吃了，而且很久之後才告訴妳。妳發現，「了」這個詞，原來也用在「生養女兒」這件事。妳聽見隔壁林家連生四個女兒，街坊鄰居議論時，都提到「了」這個字。爾後妳更發現，「重男輕女」這件事，確實在各種細節出現。

「了」這個字像一顆種子，只要播下念頭，持續澆水灌溉，種子就會自動將一切相關的事物吸引到身邊來，成長茁壯。最後形成一種看的方式，成為一整套詮釋脈絡。自從知道「了」這個字後，妳看世界的角度變了。童年天堂不再，妳沉默好陣子，那聒噪活潑的麻雀女一去不返。讀國、高中時，一度被當成自閉症的孩子，鬱鬱寡歡。不只對升學考試，填不滿的試卷厭煩，妳會故意經過鄰家羊圈，將試卷捲成長筒，那時從欄內探出頭的野山羊會咬去紙卷，對牠們來說，那是口味獨特的點心。

也是那時起，妳發覺自己無法對世界坦露自己，那些沒說出口的事，讓妳感到不完整。「了」的觀念，曾讓妳有陣子藉由爭取名次、表現才藝來加強自己的存在感，證明自己不輸弟弟。可最終妳發現，即便如此，母親仍認為「女子無才便是德」，彷彿妳書讀得愈高，「了」的程度愈嚴重。

高中推甄剛上大學的那個暑假，母親就要妳去台北打工；最初，妳念的是師院，母親要妳半工半讀，學費、生活費得自己負擔，她希望妳儘快畢業，當國小老師有穩定收入，可以支援家裡生計。她跟父親都不喜歡妳花時間在動物身上，那是「玩」，是「浪費時間」，是「了」。妳覺得自己從證明到反叛，與「了」這個字的抗衡有關。當師院畢業的妳決定不拿教師證，放棄實習去考研究所時，母親幾乎快抓狂。

研究所報到的第一天，妳收到她高八度音、歇斯底里的怒吼。電話那頭的她高聲尖叫：「妳休想跟家裡拿一毛錢！馬上去工作！」母親從不管妳異地求學花費多少，生活多辛苦。當時妳租在頂樓鐵皮屋，與房東阿嬤同住，兼兩份助教工作，每月房租到期，薪水尚未下來時，青黃不接的妳，還得勉為其難，為了自己認養的兔子與肚皮溫飽，厚著臉皮跟母親借錢，暫匯一到二千應急。

妳猜母親仍是愛妳的，她仍是會匯錢給妳。只要妳不與弟弟比較的話，這份母愛或許就不會這樣「有區別」。

弟弟是獨子，「獨子」的意思是天之驕子，沒有其他兄弟與他競爭。國中時弟弟想買捷安特腳踏車、名牌鞋，母親想方設法也要買給他，而妳跟妹妹想買芭比娃娃、漂亮衣服，母親總說等過年換新衣再說。弟弟讀高職時不愛念書，考上私立科技大學，一學期要六萬，母親馬上去貸款，心疼他獨自在高雄不知是否安好。而妳省吃儉用，一路都念國立學校，每學期住宿與學費不過三萬餘，卻要刻苦打工、努力爭取獎學金，假日仍在研究室、圖書館工讀不放假，才可以支付生活。那些辛苦，母親不以為意。

「那是妳選的路，再苦，也要自己承擔。」母親說。

那口氣就如她從台北嫁到台東，外公所說的重話一般。彷彿女人只要選擇跟著夢想飛翔，就得壯士斷腕、毫無退路。多年後，弟弟婚姻出問題，離婚的他將幼孫丟給母親照顧，久未回家的妳多吃幾口燉蛋，母親馬上制止：「欸！別吃太多！那是翔翔的！」她寶貝唯一的金孫，卻未想過監護權不在弟弟身上，弟弟是浪子性格，不愛回家；母親時時為他留後路，不管弟弟是否回家、多晚回家，只要他「可能回家」，母親再累也馬上去熱飯、燙菜。

妳從不怕食物被吃，養八哥時，也未注意性別。妳才不管牠們是普通鳥、還是珍貴鳥。對妳而言，牠們只是寶寶，因緣際會來到生命中。怕牠們餓著，悶在紙箱不運動，妳會先伸出食指，忽上忽下地讓牠們振翅、訓練爪力。

很快地，牠們趁你出外時偷飛，屋簷上曬太陽。妳不喜歡關動物，牠們把妳當樹，走到哪，跟到哪，還會驅趕麻雀、斑鳩，搶領空權，為了誰可以降落在妳頭頂而爭風吃醋。遇見大冠鷲出巡時，天空傳來嘎嘎兩聲，兩道黑影迅速降落肩上，接著鑽入妳髮際躲藏。牠們把妳當母親，尋求保護。

每當父親拿著水管澆花，牠們就會飛到積水處拍翅洗浴。這兩隻傻鳥酷愛父親澆水時，從屋簷一飛而下打滾。父親見狀，促狹地用水管噴牠們，二鳥不甘示弱，就沿著水柱飛上父親的肩膀，呱呱地拍翅喧鬧，甚是可愛。久了父親也就慢慢接受牠們的存在了。因妳不關鳥，籠子只充當牠們遮風避雨的家。二鳥每見人從廚房出來，馬上飛到肩上討吃，或啄咬客人臉上痣，只有這時，牠們才被迫關緊閉，不准放飛。

「怎麼不剪牠們舌頭，讓發音更清楚？」有次客人這樣問。

剪八哥舌教學語，見諸古籍，如李時珍撰《本草綱目》釋名曰：「其舌如人舌，翦剔能作人言。」《清宮鳥譜》更詳細描述剔舌時間最好是端午：「蓋鸜鵒舌有雙尖，必剪去之，使如人舌，乃可教以人言。今人每於端午日以竹刀剔其舌，塗以鹽椒令不復生尖。」這是多可怕的酷刑，對一隻鳥來說。

對妳而言，牠們是毛孩。妳不願剪翅，遑論剪舌。聽說剪舌還要看時機，唐代陳藏器《本草拾遺》曰：「五月五日取雛翦去舌端，即能效人言，又可使取火也。」妳想對這古人說，八哥不剪舌也會取火，應該說玩火。由於放飛、二鳥常在戶外之故，妳發覺八哥性好貪玩，父親弄盆栽作樹，牠們就偷咬鐵線；妳下田幫忙綁枇杷袋，二鳥也在肩上不時啄咬袋中掉出來的蟲子；祭祖拜拜時，母親拿個鐵盆燒金紙，金紙灰隨火光冉冉上升飄飛，二鳥便忙著飛上飛下，急著叼燒紅的紙錢。

台語諺云：「駕鴒，占便孔。」形容一個人平時遊手好閒，貪玩而不做事，只想不勞而獲。然而無用之用，是為大用。無才之才，便是福。東坡觀察此鳥歎曰：「鸜鵒之肉不可食，人生不才果為福。」對八哥而言，學人語就不自由了。不過妳倒愛模仿牠們的叫聲。每當黃昏，妳對著附近林子、和著那兩隻鳥的節奏叫喚：「叮叮咚咚！叮哥——叮哥——叮哥，咚哥——咚個咚，叮叮咚咚！」因這簡短的旋律牠們常叫，自然而然，約莫五六點，天色一黑妳就對著空中唱起八八歌，不管多遠，叫個幾次兩隻傻鳥也會從山上飛回，因妳唱的是牠們的旋律，自然牠們會順著節拍回家，很快地，也會唱出自己名字。

有次，妳和朋友去爬附近的山，瞥見樹間有隻很像叮叮的鳥，才覺得像而已，隨口呼起：「叮叮咚咚！叮哥——叮哥——叮哥，咚——」妳「咚」字還未呼出口，叮叮就瞬間降落在肩膀上，朋友一臉不可思議，不到五秒，遠方的咚咚趕來，二鳥為了領空權，又在頭上打架。那刻，在朋友眼裡，妳確實施展了神奇魔法。

自家鳥也搶領空權，是妳印象最深的事。每當二鳥從遠方飛回時，一定先在空中打架，搶占妳頭頂制高點。妳總會伸出雙手把二鳥分開，一左一右，手掌如捆仙繩般握住雙翅，無奈二鳥仍是以喙攻擊彼此，伸出掌外的鳥爪也互相勾連、不甘示弱地抓來抓去。

八哥這樣的攻擊姿勢曾被誤解，遠從唐代段成式的《酉陽雜俎》就開始，其載：「鴝鵒，交時以足相勾，促鳴如鼓翼相鬪狀，往往墮地，人或就將掩之，取其勾足為媚藥。」以鳥足為媚藥，實是杜撰。八哥爭寵吃醋，空中打架是常有之事。由於八哥雌雄同大又同色，妳只知叮叮胖、咚咚瘦，二鳥從未交配過，未辨其性別。

不過妳沒有勞倫茲（Konrad Lorenz）的功力，這一九七三年獲得諾貝爾生理醫學獎的得主，私底下是個不折不扣的愛鳥族。忘記是在《所羅門王的指環》，還是《雁鵝與勞倫茲》那書，他提到他養的鳥知道他何時下班，會從他家飛到火車站等他。火車站人群熙來攘往，他一眼就看到空中徘徊四處梭巡的寵物，他大聲呼喚，那鳥總會興奮地找到他，停在肩上跟他回去。每次都上演火車站最準時的溫馨接送情。

傑洛德・杜瑞爾（Gerald Durrell）在《追逐陽光之島》，說他的寵物喜鵲洗劫哥倆兒更皮、更難馴服，還會模仿人餵食的聲音來戲弄隔壁鄰居家的雞。之後又「咯咯咯」輕笑，彷彿這對騙子又成功誘騙一次鄉巴佬。

對於領空權，叮叮、咚咚這兩隻傻鳥顯得憨拙，屋角電線，只要看見麻雀就會驅趕。那時牠們是地上蹦跳的兇巴巴企鵝。鄉下人養鳥，怕鳥飛遠，說用茶水餵，讓牠們喝不慣外面的水，就會想家回返。但妳總想著，牠們畢竟出於自然，若哪日離家，妳也得成全。事實上，放養就是給牠們最大的自由去選擇。

山上老家是山泉水。一日，自來水公司上門追討水費，母親堅持不繳，他們強調免費接管線，母親也不肯。

父親極好客，也極愛泡茶。但妳從未讓二鳥喝茶，牠們好奇偷喝算例外。因為不關籠子，所以晚餐後妳看電視喝茶，牠們自然停棲在妳肩上，一左一右。妳是行動的停鳥架、活生生的樹，於是就有這樣奇妙的場景出現：當妳以杯就口時，左右兩隻傻鳥的黃嘴也同時靠近杯子，三張嘴喝同一口茶，累了，當牠們蜷縮單腳睡在肩上，將頭埋入翼下，左右便各一顆灰貢丸，看不見鳥首。為了不讓牠們驚醒，妳只好維持靜坐姿勢看電視，這姿勢讓牠們感到穩定。

「妳做人太可惜，當鳥好了！」老弟一進客廳望見這種奇景，惡作劇地伸手抓鳥，沒料到即使晚上，鳥的感官仍靈敏，二鳥很快飛起，飛啄他頭頂，嚇得老弟直奔廳外才罷休。

山上多蛇。放飛一整天後，二鳥有時不肯回籠；也是養牠們，妳才知道鳥生氣時瞳孔會收縮，溫馴時放大。妳總是著急地假裝吃東西，讓牠們爭搶，順勢抓回籠內安置。一次牠們做錯事，妳氣得追趕，二鳥忙不迭飛回籠內，搶著找籠子門擠進去。妳莞爾一笑，這才發現，原來牠們把籠子當防護罩，有狀況就趁早躲入。

限制，對自由的鳥來說是保護。那刻妳理解籠子的用途，有安居之用。每個原生家庭給的限制不同，換個角度看，若非這樣侷限，妳也不會離家求學，拓展眼界。不可否認，歷史上對女人的種種限制，有時也是保護。如果這層保護是建立在信任而非占有的話，妳願意從善意來理解許多文化的禁忌最初，或許是出於安全考量。

當妳離家時，爸媽將二鳥關緊閉。母親說因為無人可喚鳥回家，為了安全起見，二鳥不放。妳也記得二鳥是怎麼離家的，那是妳偷偷放的，因為妳不願牠們被限制住，趁繁殖期放牠們走。父母不知如何編織愛的籠子，可妳卻知道，唯有絕對的信任且不執著，給予動物最大的自由，牠們才信任妳。那時妳是牠們的保護者，走到哪兒，哪兒就有保護；鳥兒自會主動靠近，無須特殊方式挽留。可人類只要以主人身分高居，把牠們當財產，沒有一隻寵物會跟你交心。人需要故事來解釋自己的生命與世界，那些已發生的事構築現在，伸向遠方。妳撿拾落羽，不只呈現對自然的喜好而已。

編織生活脈絡，藉由鳥羽回顧過去，有時，才更清楚自己的邊界。有時，則是鳥帶妳記錄新的故事。

【九】

金雞夢

曖曖遠人村，依依墟里煙。
狗吠深巷中，雞鳴桑樹顛。
戶庭無塵雜，虛室有餘閒。
久在樊籠裡，復得返自然。
——陶淵明，〈歸園田居〉

Ishtar 2019.5.25.金雞

妳逐漸覺察收藏鳥羽的神祕：每瓣鳥羽望出去，就會看見不同的「視界」。

台北住久了，坦白說，妳挺想念山上老家的田園之樂，城裡聽不見雞鳴。以禽類來說，我們都是被豢養的雞，定期吃速食飼料，居住在狹隘的水泥樓房，鐵窗、防盜、監視器，層層上鎖。小時聽教育鐘聲準點上下學，長大後定時打卡上下班，經過短暫喘息的假期，再度抱著高額的房租、車貸、電費、通話費等帳單過活。

這城市發生的太陽花學運讓妳思索一件事：人民本是溫馴如羊的，若非生計困難、時局不安，誰會想走上街頭呢？

妳認真聽官方說法，太陽花事件時，官方代表第一站是來政大座談，台上官員無法就開放政策對各產業的衝擊做評估，只強調之前開過多少會的事實令妳頭疼；而競爭壓力下，老提韓國作對比，可關於韓國青年的失業及壓力、貧富差距，卻無人調查。還有，那些失落的商家與技藝呢？至少，走訪一趟韓國，妳知道妳的韓國朋友也對物價上漲、韓屋村房價提高，種種速成的貿易感冒。當時的口號呼籲青年別在意那些小確幸，要向前看。可往往向錢看，就是更繁忙、更沒有生活品質。那些文化的憂傷與消逝感，是繁榮經濟數字成長上顯現不出的。

萬一珍惜小確幸，才是長保幸福之道呢？

不丹的小快樂，聽來似乎是被官方嘲諷為不長進了，可是人民若是想維持這種簡單的快樂呢？可知當整條街充滿麥當勞、肯德雞、便利超商之類的連鎖企業，要覓得一家喝鮮魚湯、燒仙草的小小店面，那些「古早味」，該如何困難？我們賺得與我們失去的，好像也不是數字，應該說本來就不是數字可以計算。當台上官員提到失業的農夫可休耕、勞工可轉型輔導，且配套措施還不知道是怎樣的輔導與檢查才能轉型，這樣的說詞聽起來就很令人擔憂。一味強調拚經濟、發大財卻無對策，或對策十分可疑，倒令人聯想官商勾結與大型財團的吞併壟斷。

聽完官方代表說法後的那個下午，妳走上指南山步道散心，山腳下千階梯旁賣飲料的柑仔店經營快六十年了，妳因邂逅一隻老貓走進去，老闆說他從年輕做到現在，被對面的豪宅興建趕到千階梯下面做生意，雖然登山健行者不多，仍可做小本生意，因為開一家雜貨店而滿臉生光。他說的時候，臉上皺紋與光彩令人印象深刻，那是滿足充實的神色，即便遊客不多、來往都是老顧客，但他與老友剝著桌上大蒜與乾貨，一邊閒聊瑣事，日子仍是挺悠閒的。

對比之下，盡頭處是另一家常見連鎖超商，當然這商店賣的東西絕對比傳統商家來得豐富與多元，也「更具競爭力」——套用那日頻率最高的官方說詞好了，可是現在有哪個年輕人願意在超商一做五、六十年、還懷抱著熱情呢？為什麼這類便利商店的銷售員流動性高？在提升競爭力的口號下，妳想，同樣是賣東西，「消費」與「被消費」，仍是有差異的。有人吃了一個月連鎖商店的食物，身體就拉警報送醫了，那些商品都是看不懂的化學式，可能會危害健康。事實上，現在就連購買「食品」還是「食物」，也形成兩種不同飲食觀。也正因這幾年的糧食危機、食安風暴，妳積極去聽魚菜共生這類小農課程。

何況「開放工作機會」、「人才出得去」這類標語能否等同「競爭力」？這樣的邏輯也大有問題。

妳腦中浮現一連串消失的行業：照相館因手機與數位相機流行，讓全家穿戴整齊去拍照的紀念儀式已成過去。媽以前喜歡的綢布莊不見了，旗袍師傅轉行了，現在人追求名牌，訂做的嫌土氣，台北後火車站、松山車站附近的五分埔攤位，充斥隨便一、兩百元就可以買便宜的衣服，只是不耐穿。母親當年的拿手活，由師傅專門量身裁製衣服、那些看服裝設計找自己想要款式的裁縫，已在時代的衝擊下被淘汰。不只如此，刺繡、剪紙手工藝行業、手繪電影看板、傳統雕刻、編草席、做木桶、磨刀的、代客人寫信的，包括在家接生的產婆等等，這些行業都變成往昔追憶。

錄影帶出租店、唱片行隨著網路發達而沒落，投幣式電話亭消失，大學有陣子妳還熱衷收藏電話卡，在宿舍等排隊打電話回家，現在都已成往事；以前的咕咕鐘沒人使用，壞了沒得修，現代連鐘錶店都轉型為珠寶店的一部分，手錶被手機取代，許多老事物因「不流行」、「不合時宜」而消失。以前好的鍋子、電鍋可用十幾年，現在能用三年就該偷笑，商品全都標上使用期限，現代人習慣壞了再買，彷彿使用舊商品就過時落伍。資本主義刺激消費的同時，妳發覺在物的進化中，人才是被消費的對象。

妳記得國中自己熱愛畫畫，想走技職體系精練畫技，爸媽說什麼也不肯，家中只有妳會念書，他們對妳抱持「金雞夢」的期望，彷彿秀才中舉，當時更有親戚嚷著：「不讀書，下場就是準備去工廠做女工吧，不然一個女生能幹嘛？」

「萬般皆下品，惟有讀書高。」小小年紀的妳，在選填志願的關頭被恐嚇了。妳先選填保守的師院，後來發現師資飽和，根本不缺教師，然後念上研究所，發現讀書確實有三高：清高、壓力高、就學貸款高。說實在，親戚當時嚷的女工薪水，現在看來還比碩、博士生兼任助理高薪。

念十餘年的老學生如妳，太瞭解這批經濟實惠、便宜廉價的高知識勞工如何被打造，又在畢業時輕鬆地被打發了。

據說辛波絲卡最早期的詩作在去世後由友人結集，《黑色的歌》才是處女作，妳看了這首〈青少女〉，道盡返家心情：

我們真的差很多
想的和說的，完全是不同的事。
她知道得很少——
但固執己見。
我知道的比她多——
卻充滿猶疑。

望著手機 LINE 上的訊息，托科技之福，現在母親的關心也電子化了，逢年過節，手機一個簡訊，臉書一貼，動根手指就完成。最近傳來的是中秋烤肉千萬別靠近火源，隱形眼鏡有融化的危險。

妳只能無奈一笑，淡然回給母親大人：「媽，妳女兒沒近視，沒戴眼鏡。」

想起童年，母親節自己是如何努力畫卡片，而母親如何在過年挑布裁縫，為三個孩子量身訂做過年衣裳；現在買東西全靠上網，母親節禮物妳也是依照母親網路要的貨色，為她下訂買單。她著迷電視與網路廣告上的那些特效藥、按摩椅，彷彿吃到或坐上那些新的科技產品，就能回春不老、永遠健康。曾幾何時，現代的郵差得跟宅急便搶生意，手寫的信件少了，看到完整的手寫信件已很稀有，更別提親自做卡片。在便利快速的需求下，似乎任何商品都像魔術般崛起，也迅速消失不見。

妳想起以前，虔誠的母親為了外婆的病，假日還會去松山慈祐宮誦經，祈請神佛菩薩，保佑外婆快好。現在手機一個按鈕，就可以上廟求籤，點香問卜完成。

想起彼時初嫁台東，手無縛雞之力的她，入境隨俗，學著宰殺雞鴨。只是母親宰殺方式與奶奶不同，她總是一邊拔雞脖子毛，一邊用台語喃喃唸超渡文，彷彿一刀下去，那隻雞就不再受苦。這時代少見人養雞了，繁殖場統一規格：養殖、屠宰、上市，自成一套流程。只是那些養殖場騙不過鄉下人的嘴，父親老說有藥水味，小叔吃了直說這是病死雞。

為了讓父親與叔伯們吃到健康安全的雞，回老家休養的奶奶眼睛為之一亮，像往事重現般，她積極找人圍網子、挑雞種，興致勃勃地開始進行養雞大業。於是日本雞、火雞、鬥雞、閹雞、鵝，連火紅一時的黃色小鴨都養，像填補失去的時光那樣，奶奶在山上養起了上百隻雞禽。站在雞群之中的奶奶，儼然是部隊隊長，走到哪，那群雞鴨就跟到哪！那刻奶奶臉上充滿光亮。

問奶奶怎麼不單養一種雞就好，最大的火雞不會去欺負小雞嗎？奶奶說多種雞從小養在一起比較熱鬧，也不會打架，單養火雞就會出現臭頭的問題。原來火雞脖子至頭頂光溜溜，蚊子、蒼蠅、跳蚤容易叮，跟其他小雞養在一起，雞群會互相啄咬同伴身上的蟲子，火雞不用上藥，也就不會有臭頭的問題。

妳覺得奶奶雖然沒念過什麼書，卻深懂生態系的概念。小時候，家裡就因奶奶而雞鴨成群，幼稚園放學的妳，總幫隔壁鄰家女孩擋火雞、擋鵝群，火雞與鵝顧家方式不同，兩者都有明顯的首領，只是策略不同：鵝老大會單獨向前攻擊、啄咬入境者的鞋帶、帽子，展示雄威；而火雞則會膨脹尾羽與翅翼，號召整群火雞包圍入侵者。

不管哪種策略，對身高不及一百公分的幼稚園及國小生來說，每回上下學，面對如此龐大家禽隊伍，都是煎熬。初鹿山上無奇不有，聽說最早有原住民送來一隻野豹要給小叔養，父親小時養過七隻竹雞、一隻山豬，父親走到哪就跟到哪，那些野生動物異常敏銳、聽話，而走失時，奶奶跟父親都會去拜山下的土地公，懇求祂帶動物們回家，每拜皆靈，雖不知土地公如何驅趕的，動物們總能安然回家。

雞隻交配會打架，沒有公雞，母雞也會排卵生蛋，那蛋同樣可食，只是被稱為「不成形」，奶奶的意思是裡面沒有精子、不會孵化。雖然這些跑山雞最後命運都要被宰殺，但妳確實覺得牠們是幸福的。小時就有兩三籠電燈泡保溫，雞隻略大，放入豬圈裡圈養、認識環境，至亞成鳥快成鳥時，奶奶會帶去枇杷園圈住的半山腰放養，當時雞隻扒土、咬雜草、鴨鵝圍著山泉水不斷滴落的小池清洗，可謂愜意自然。真正的放山雞應是最大的火雞。鵝群戀家，不管如何走出圍欄外，總是前後奔走啄食一番即回，火雞則不然，由於能飛翔，奶奶說最遠可飛過一座山去對面牧場，在很遠的草地上覓食，直到傍晚才從對面山上飛回。

火雞大後不在雞舍內，牠們飛上屋頂、棲息於最高的枝葉上。每要打開雞舍圍欄大門時，抬頭望，門欄就站著一排火雞，咕咕咕地直叫，嘴上肉瘤如同鼻涕，彷彿怎樣也流不完。妳對火雞能飛過山、會回家感到驕傲，觀察火雞酋長，胸前的鬍子如埃及長老面下鬍鬚般，天然成束，又粗又直。可惜火雞競爭激烈，尾羽完整者只有酋長老大，其他公火雞會互相啄咬、競爭彼此尾羽，常見十來隻公火雞一起開屏，除了帶頭的火雞酋長高大俊挺外，其餘火雞尾羽掉的掉、禿的禿，著實難看。自然火雞酋長也嚇阻其他公火雞開屏，這狀態直到酋長被抓去祭五臟廟後，其他的公火雞才膽敢紛紛開屏走秀。

火雞極有感情，雖是妻妾成群，據奶奶說，每當火雞首領被殺時，隔天母火雞群會呈現不吃不喝、病懨懨的樣態，彷彿追悼死去的酋長。

火雞是七面鳥，情緒激動時，臉會變色，羽翼雖黑，陽光下卻會反射彩虹的亮彩，特殊的金屬光澤，胸前羽在陽光下如同黃金般，閃閃發光。為此，每當火雞首領要被抓去宰殺時，妳總懇求媽媽與奶奶留下大隻尾羽與翅翼，作為紀念。火雞翅羽同老鷹一般，是非常有力量的橫狀斑紋。撫摸這些火雞羽毛，雖遠在北城求學，妳似乎也感受到牠們的靈魂精神，踏實地在家鄉田野走過，畢竟，牠們是奶奶雞群中飛最遠的。然而，奶奶所養的部隊食量驚人，每每聽媽抱怨快九十歲的奶奶，老是睡過頭晚起，養雞任務都落到她身上。母親是台北媳婦，雖見習多年，仍不懂雞性。或許每次晚上偷襲雞給人宰殺的都是母親吧？所以雞群都認為母親進雞舍不是好事，於是餵雞這件小事，也成了艱難的對抗戰。

「苦哇哇——苦哇哇——苦哇哇——」當妳打下這段文字時，宿舍外，景美溪畔的白腹秧雞如是叫著。白面仔的牠又稱「苦雞母」，由其面部色紋得名。有個故事，大意是婆婆虐待媳婦，小媳婦離家出走，化成白面仔的故事，那是生活悲苦變成的鄉野傳聞。不知為何，母親與奶奶之間有某種心結，難以化解。妳覺得大家族裡，母親就像戰戰兢兢、遊走於水溝旁不討喜、屢屢叫著「苦哇哇——」的苦雞母，她不屬於奶奶所養的雞群世界，尚未被馴化，姿態總是卑微地低身走過，旁觀一群繁華的火雞叫嚷著。

在妳看來，白腹秧雞在泥地上行走留下的足跡就是天然的女書。女書是一種獨特的書寫系統，專給女性使用的文字，起源於中國湖南省南部永州的江永縣，是當地女人用書寫來保護自己的一種方式。現代甚至發明女書字體，可輸入電腦。當然，妳猜不會有人想下載這套字型軟體，因為閱讀女書字，就像閱讀鳥的足跡。

女書是線條優雅的書寫體，記載的大部分是個人的生命經歷，有的簡單，有的意味深長。聽說書寫的女性過世時，她最親密的女性友人會將這些書信燒毀，讓這些書陪伴她到下一世，使文字與精神合而為一。

這世界太嘈雜，又要求寂靜。

妳從未見過台北人養火雞，連一般公雞也少見；動物園無尾熊館附近的可愛動物區，倒是有幾隻母雞、鴨與鵝，水牛、黑豬與兔子、羊駝等等，這些家禽供遊客回想田園之樂，布景有如電視節目。動物園容不下火雞，因火雞聲音大、領地性強。相對而言，妳也從未見過哪個鄉下人喜歡白腹秧雞，這野雞成天叫苦，動作敏捷，行事低調，彷彿做任何事都令人猜不透。

猜不透。母親說與做的，總是矛盾，令人猜不透。這時代因快速讓人眼花撩亂，以致於母親把罐頭訊息、身體保養等資訊一窩蜂地轉傳，要妳在北部好好照顧自己，可傳來的資訊，總令人莞爾。

不只妳，長年相處的妹妹與父親，也難理解母親這種不斷給予、又不問對方是否需要的一味付出心態，從何而來？或許每個嫁入他鄉的女子都能懂這心情，而尚未出閣的妳，只聽得一片「苦哇哇——苦哇哇——苦哇哇——」

莊瑞琳有一首詩：

我沒有辦法用鳥的眼神看你
你一向都不知道
我一天起飛的次數
當然也不會知道
雨打的重量與寒冷

多年後妳才懂母親的沉默，過度隱忍又情緒化的行動背後，是難言之隱。其實母親也愛養動物，有次她與父親拜訪石友，石友家中養了珍貴的金雞與銀雞，飄長閃亮的金色尾羽，令人豔羨。妳見母親當時想養，礙於金雞幼雛貴重，家務事繁雜，且金雞只有觀賞價值，不符經濟作用，養了也是「食了米」。

「食了米——」，「了」的回聲頻繁得讓妳心驚。現在，妳懂得淡化這個詞，漸漸把它當成一個無效的單音。長大後的妳還懂得翻轉立場，想著母親一路由少女到「為母者強」的蛻變：那體重不到四十公斤，身材輕盈的北城小姐，下班後會去布莊挑布，裁縫合適衣服的浪漫時光，曾幾何時嫁到鄉下，變成穿著隨意，生育孩子、炊煮三餐，不停地用一片汗水與辛勞來證明自己是有價值的婦人；那可是見到老鼠就跳上桌、膽小的城市小姐啊！如今看到蛇卻敢拿著掃把熟練地打死，只怕牠傷及家人。

童年回憶湧現心頭，妳是否是母親期待的金雞呢？小時候，她總說寄養在台北外婆家的妳，回來總是特別聰明，也比較會配衣服。可妳卻慢慢發現，長大後努力念到博士的自己，漸漸也只是一隻具觀賞價值、不符經濟作用，「食了米」的金雞了。

閒暇去鳥園，妳關注金雞蹤影。圈養於雉科區的金雞比較害羞，放養於外的金雞，妳曾見牠啄咬姑婆芋。妳感嘆山上的火雞、家鵝到處遊蕩，隨口啄咬，吃得都比金雞好。而妳從北城買回的食品，那些可口的伴手禮，一經奶奶與父親鑑定，全都變味失色，妳懷疑父親口中有化學偵測雷達，食品摻雜的不純成分，全都吃得出來。

這個暑假，尼伯特颱風摧毀老家雞舍，吹走了屋頂，雞群走失，那隻過境的綠頭鴨也飛遠了，聽父親說，山上的鼬獾會下山偷襲雞舍，僅剩不多的雞寥寥無幾，奶奶與母親心灰意冷，決定不養雞了。

「反正要吃，超商便宜得很！養雞不合算啦！」奶奶似乎也賭氣。養雞這件事，慢慢無人再提。

風災後返家，爸媽關心妳博士為何還沒畢業，勸妳趕緊卡位、找教職；妳沒跟他們吐實情，現在大學教授也因遠距教學發達，需求減少，未必畢業就有好出路。大學精簡成本，通常都是兼任助理教授採一年一聘的形式。

妳想起關於一個寂寞女子養雞的古文故事。大意是說，有個名叫季姬的姑娘感到寂寞，於是收集一些雞來養，那些是出自荊棘叢中的野雞。怕野雞餓，季姬拿竹箕的小米餵牠們。雞吃飽了，跳到書箱上，季姬怕髒，叱趕雞，雞急，就跳到桌几上，季姬也急，於是拿竹箕趕雞，結果投擊時打中桌上陶伎俑，陶伎俑落地碎了。季姬一瞧，野雞還躲在桌下亂叫，一怒之下脫了木屐來打，出手太大力，不小心把雞打死了。想著養雞的經過，一時激動起來，於是她寫下〈季姬擊雞記〉。

這故事平淡無奇，甚至有些搞笑的意味在，然古人厲害之處，在於此故事通篇只有一個讀音到底，也就是當讀者唸誦這故事時，就會彷如置身雞群之中，唸此文時，全篇都是雞叫聲。〈季姬擊雞記〉不超過百字，原文如下：

季姬寂，集雞，雞即棘雞。棘雞饑嘰，季姬即箕稷濟雞。雞既濟，躋姬笈，季姬忌，急咭雞，雞急，繼圾几，季姬急，即籍箕擊雞，箕疾擊几伎，伎即齏，雞嘰集几基，季姬急極屐擊雞，雞既殛，季姬激，即記季姬擊雞記。

「唧，唧唧——」妳隨口叫著，想著年前還有數百隻雞，火雞三十餘隻的盛況，對著颱風後空盪盪雞寮，看著遠處林蔭下稀落的兩三隻雞，「唧，唧唧——」妳叫著。這是台北城不會出現的聲音，鄉間也漸漸消失了；「唧，唧唧——」妳想起國外基因改造一種無毛雞，宰殺時連拔毛都不用，活生生的行走肉雞。「唧，唧唧——」妳一邊叫著，邊想著快九十歲的奶奶無雞可養，子孫滿堂過年回老家無法夯桶仔雞慶祝，那是何等落寞的畫面！

「唧，唧唧——」未來，這聲音是否也如沒落的古早行業，漸漸成為消失的回憶？

【十】

白衣釣士

風車不願在鹽田留言
白鷺鷥磨亮了閒愁
以縮起的單腳練習孤獨和寂寞

——羊子喬，〈白鷺鷥〉

2019.5.26 白鷺鷥

屢屢叫著「苦哇哇——」的白腹秧雞，在景美溪底依然晨昏叫苦。但白鷺鷥、黃頭鷺這些田間常見鳥，在台北的命運可大不相同。一進木柵動物園，牠們是看板上的明星，與鴿子並列在「請勿餵食」的布條上。

被禁止的事物，優先被看見。

這群鳥中，黃頭鷺獨領風騷，牠們飛上遊客中心、販賣食品的棚架上伺機而動，伸著尖長的鳥喙，那伏擊的姿態如劍客，隨時拔劍奪取遊客掉落、不時拋出的薯條。偌大動物園，自由於籠外的鳥，吃的都是人類食物，不知幸還是不幸？

也許可以看到某樣黑白分明、清楚明白的事物是好的，牠就在這兒，就是這樣子，是觀者也是被觀者。遊走於園內的白鷺鷥是移動的白色提燈，走到哪就照亮哪個舞台，那是北城獨有的人鳥互動劇。

在台北，要到哪才能看見成群的白鷺鷥呢？除了淡水紅樹林外，大湖公園也是白鷺群集的棲地。二〇一二年，台語歌手林姍曾唱過〈白鷺鷥的厝〉，悅耳動聽：

白鷺鷥，白鷺鷥，飛過千萬里
飛過山麓飛過海邊，飛過舊情城市
白鷺鷥，白鷺鷥，一路到淡水
經過田園歇佇溪邊，還是故鄉卡美

離開故鄉彼多年，相思呀相思
天頂的星又擱閃爍，不知何時來團圓
離開故鄉彼多年，虛微呀虛微
夜夜聽見媽媽的歌，輕輕叫著我
叫阮倒返去

每次坐捷運去淡水，錯覺自己像遷徙兩地的白鷺鷥。台北於母親是故鄉，於妳，是遊子異鄉。這水城集滿許多異地求學、打工、上班的遊子，大家像白鷺鷥般落點，擠著棲居。

妳高中就外宿，算算在外縣市一晃也十五年了，妳一路從花蓮、高雄、台中遷徙至台北，愈飛愈遠，離家時間已追上在家的日子。在這漂泊不定的求學期，從最初的想家相思，到日後的適應，一路上，許多學長姊、師生也由各地咸集而來，學校就像一個多元家庭。

「人閑綠波靜，幽鷺插頭眠。」梅堯臣寫鷺鷥群棲的景象，也適用於圖書館汲汲於期中、期末考，面對皚皚白紙的學生。妳記得高中練書法，每次比賽幾乎都會看見杜甫這首詩：「兩個黃鸝鳴翠柳，一行白鷺上青天，窗含西嶺千秋雪，門泊東吳萬里船。」住宿四年，黃鸝鳥只在李園偶遇一次，形單影隻，至於來北城就讀，未來是否如長輩期望「一行白鷺上青天」呢？就像〈白鷺鷥的厝〉那首歌，一棵樹早在各個位階上，站滿了遷徙已久，白衣雪裳的溪客，要找個位子，談何容易？

遠望鷺鷥繁殖期，大湖公園群樹快被擠垮時，妳心頭總會飄入一個雪白人影。

西元七八七年，有個遊子初入長安，形影單薄，少年的他帶著詩作，拜訪當時名士顧況。顧況一聽他報上名字，就調侃道：「長安米價方貴，居亦弗易。」爾後看到其詩作，才說：「道得箇語，居即易矣。」

白居易，這位文人便因此軼事，如一根白羽，落入妳心裡。較之長安，現今北城也生活不易。不只物價、租屋貴，房價較之其他都市，可謂居之不易，前些年票選世界最貴房價都市，台北榜上有名。妳不知長安時期的白居易，若活在現代台北，是怎樣的光景？浮想聯翩，妳倒覺得白居易這個名與其人風格，與鷺鷥形象相近。

那片白，寫下通俗的〈長恨歌〉、〈琵琶行〉，輕易居於都城，不像韓愈、杜甫，他很早詩名顯赫，受到舉國上下、甚至國外的崇拜，享譽盛名二十年間，各地寺廟道觀壁上都能看到他的詩。當時傳抄其詩拿去賣錢、換酒、換茶者，到處都是。說實在，白居易的詩淺白通俗，在詩歌鼎盛的唐朝，實不算上乘之作，可為何當時上至王公大臣，下至野老牧童，不分男女老幼，甚至不識字的老太太，都是他詩歌的忠實讀者，積極傳播呢？

這與他不按常理出牌、表現白目有關。

這隻穿行於都城的白鷺鷥，耿介地認為自己因文章受喜好文學的皇帝賞識提拔，任左拾遺時，應盡言官之責來報知遇之恩，因此他寫下大量反映社會現實的詩歌，補察時政，頻繁上書言事，甚至當面指出皇帝錯誤。這可讓皇帝頭痛了，唐憲宗為此感到不快，向李絳抱怨：「白居易小子，是朕拔擢致名位，而無禮於朕，朕實難奈。」於是憲宗元和十年，就貶他為江州司馬，可日後又讓他回來任刺史、太子少傅等職。白居易任官起起伏伏，然細看其官職流變：從左拾遺、參軍、翰林院學士以及貶為江州司馬，後來擔任忠州、杭州、蘇州刺史，調任刑部後，歷任刑部侍郎、太子賓客、太子少傅、刑部尚書等職。長期從事司法工作的他，一生可說判案無數，斷過不少要案、奇案。

由於斷案快速、公正、嚴謹，最後，他官至刑部尚書，相當於今天的司法部部長兼最高法院院長，可說唐朝最高法官。白居易曾將那些形形色色的案子撰成《判決書》，這些判決約有一百多例，收錄在《白氏長慶集》的第二十六、二十七卷，被後人稱為《白居易甲乙判》，簡稱《甲乙判》。唐代末期及後來宋、元、明、清四朝「明法科」考試，多以《甲乙判》為板。

這片白，白得有個性。也因其白目不懂逢迎之性，斷案時深知民間疾苦，反而深受民間喜愛，是其雪白人格，讓詩風暢行。

「嘎呀——嘎呀——嘎呀——」

樹上的鷺鷥又叫了。裴說詩曾云：「戲鷺飛輕雪，驚鴻叫亂弦。」除了趕魚、驅逐來者、求偶之爭外，大部分時間鷺鷥是不叫的，每鳴必有事。叫聲粗嘎，亂弦之聲仍是悅耳的，想是裴說過度美化。初至大湖公園，妳好奇走進林間，向上仰望、觀察鷺鷥築巢，順道撿拾落羽。牠們嘎嘎怪叫著，近觀才發現樹下滿是破碎的天青色蛋殼，腥臭味傳來，「密棲危卵」，是妳第一印象，為了讓牠們安心孵卵，妳迅速退出。鄉諺云：「白翎鷥，飛入去胭脂巷，也是白。」形容一個人品格高潔，出淤泥而不染。

白居易雖忠心勸諫，然這片白太過刺眼，也有「危如累卵」之時。他寫下〈箬峴東池〉，記錄他對白鷺鷥的觀察：

箬峴亭東有小池，早荷新荇綠參差。
中宵把火行人發，驚起雙棲白鷺鷥。

為何白鷺鷥總是處於飛翔狀態？

只因這鳥易驚，要安於林中不飛，除非群棲。妳喜愛梁楷《白居易拱謁・鳥窠指說》那幅畫。白居易如鷺鷥般，初貶江州、忠州時，為了平息心情，開始學習坐禪，和興果寺神湊禪師、東林寺智滿禪師過從甚密，後任杭州刺史時，聞西湖喜鵲寺有個鳥窠禪師，法名道林，謚號圓修，九歲落髮出家。據《五燈會元》載，道林禪師後來獨自搬到秦望山，在一棵枝葉茂盛、盤屈如蓋的松樹上修行，像小鳥在樹上結巢，時人稱為鳥窠禪師。由於道行深厚，常有人入山請教。

梁楷畫的，是白居易入山求教鳥窠禪師。故事是這樣的：一日，白居易也來到樹下拜訪禪師，看到禪師端坐在搖搖欲墜的鵲巢邊上，說道：「禪師住處甚為危險。」禪師答：「太守處境比我更危險。」白居易聽了頗不以為然說：「下官為當朝要員，一州太守，位鎮江州，何險之有？」禪師答：「你身居官場，明爭暗鬥，薪火相交，又縱性不停，譬如薪火熾燃，怎不岌岌可危？」

聽此言後，白居易若有所悟，於是虛心請教。便問禪師：「如何是佛法大意？」誰知禪師答：「諸惡莫作，眾善奉行，自淨其意，是諸佛教。」白居易聽了很失望，他以為禪師會開示什麼深奧道理，便說：「這是三歲孩兒也知道的事。」禪師回他：「三歲孩兒雖道得，八十老翁行不得。」

從白居易與鳥窠禪師的對話中，可知禪師並不重視口舌的爭勝，而重在知行合一，甚至行比知更重要。這個住在鳥窠上的禪師，也因講法通俗淺顯，曾有弟子求去。在白居易問道前，禪師曾收了一位侍者叫會通，會通雖出家日久，始終不能開悟。有一天，他向鳥窠禪師辭行，請求離去。禪師問他要去哪裡？會通答：「往諸方學佛法去。」於是道林禪師說：「若是佛法，吾此間亦有一些。」於是拈起身上的布毛吹了一吹，據說侍者會通就這樣開悟了，因此世稱會通為布毛侍者。這意象令人難忘，就像鳥常在樹巢邊上，不斷理羽梳毛的動作。

若有鳥投胎修行，想必當是鳥窠禪師與布毛侍者吧！

鳥窠禪師的法可說簡單又困難，因為道不在遐，就在自家心地上用功。他深知人都有欲望，佛法知行合一者少，所以才對白居易說：「三歲孩兒雖道得，八十老翁行不得。」白居易畢竟是知識分子，淺白之理無法滿足他。下一次拜訪時，他直接以偈語請教禪師：「特入空門問苦空，敢將禪事問禪翁；為當夢是浮生事，為復浮生是夢中？」

這個偈語也是知識上的頭腦遊戲，如果夢已經是浮生之事，每個人都會作夢，為何又要說人的一生，浮生是在夢中呢？鳥窠禪師不慌不忙，以偈回答：「來時無跡去無蹤，去與來時事一同；何須更問浮生事，只此浮生是夢中。」

大意是人生如幻，短如朝露，若悟一切如夢，則能超越去來的時間限制，生命才能在無盡的空間中不斷地綿延擴展，不生不滅。聽完禪師開示後，白居易這才深感敬佩，作禮而退。

白居易也如鷺鷥般，急性磨成耐性，他從佛法找到安身立命的所在，晚年更篤信佛教，成為詩僧如滿弟子，號香山居士。據說他修出宿命通，鍊出體悟也比一般人高。他在〈讀禪經〉詩中寫道：

須知諸相皆非相，若住無餘卻有餘。
言下忘言一時了，夢中說夢兩重虛。

空花豈得兼求果，陽焰如何更覓魚。
攝動是禪禪是動，不禪不動即如如。

白居易晚年任職高官，卻能體會動中不動，空中不求果、陽焰不覓魚的自然，當他處於靜中，只有一片光明磊落，無懼官場起伏、人事牽絆。妳想，或許唯此空明自照、無所求的心，才能看透世事，斷案神準吧。

妳穿行於雪白稿紙上，照見鷺鷥之影、白居易，以及自己的影子。

瘦削的鷺鷥不像夜鷺，吃食不節制。因羽色雪白而有「青雪、墜霜」的雅號，如墜霜下秋水，似青雪上西山。鷺鷥是動中靜、靜中動的高手，世人以其閒態與漁夫的歸隱形象並列。如唐朝張志和的〈漁歌子〉，又如李白的〈白鷺鷥〉：「白鷺下秋水，孤飛如墜霜；心閒且未去，獨立沙洲旁。」王維〈積雨輞川莊作〉也是一派閒情：

積雨空林煙火遲，蒸藜炊黍餉東菑，
漠漠水田飛白鷺，陰陰夏木囀黃鸝。
山中習靜觀朝槿，松下清齋折露葵，
野老與人爭席罷，海鷗何事更相疑。

就在妳幾乎要把唐朝詩人都看成鷺鷥閒情追寫者時，卻見盧仝這首古詩：

刻成片玉白鷺鷥，欲捉纖鱗心自急。
翹足沙頭不得時，旁人不知謂閑立。

這些愛在綠野田中棲晚風的釣客，是為了生計遷徙。盧仝不美化鷺鷥，只是如實呈現，鷺鷥常低首沉思，只是為了溫飽。妳想到人民最初的需求亦是如此，就像小時候流傳的那首鄉間童謠：

白鷺鷥，車畚箕，車到溪仔墘，跋一倒，撿到兩先錢；一先撿起來好過年，一先買餅送大姨。

為何白鷺鷥總是與生計相關？妳想，大餅與錢，都是人民最需要的。觀察動物園的鷺鷥，不管白鷺或黃頭鷺怎樣餵也吃不肥，依然瘦削，又好像怎樣也吃不飽似的，總低頭凝視，彷彿找些什麼。

台語說：「白翎鷥拚死食，也無骹後肚仁。」骹肚仁，為小腿後方肌肉。鄉諺諷刺貪得無厭的人，如白翎鷥雙腳永遠長瘦；不可能有大成就。

台北居，大不易。妳發現湧來北城打拚的人們，不管來自何方，都有個賺錢夢，總是處於尋覓、掙錢的途中。賺錢夢反映在吃食上最清楚，像妳愛吃的水盆羊肉，這個從陝西長安嫁到台北的大陸媳婦，與先生未遷居前老店是妳最早光顧的，其料理羊肉手法一絕，一碗九十五元，吃不出腥味，入口回甘，許多政大教授、老饕們也愛吃，之後做出口碑上了報，便漲至一百二十元，換了大店面。之後，為了應付租金昂貴，老闆娘板起臉說因為開發票有營業稅，要消費者買單，順勢一碗羊肉漲至一百五十元，店內決明子茶以前如何喝都免費，現在只要飲用，一杯三十元，相加幾乎等於吃一客排餐的價格，自此，妳望之卻步。政大校門附近的鵝肉飯也是，最初回饋學生與鄉里，每月初一不用錢，每碗八十元，爾後門庭若市，順勢漲至一百元，不久，人潮瞬間變回門可羅雀，老闆轉而賣櫻桃鴨，降回學生價八十元，食客才陸續回籠。

妳想著肥膩的鵝或鴨肉，得枯瘦竹筍來襯才好吃，正如料理義大利麵時，洋蔥太嗆，番茄壓味剛好。這些來北城打拚者，很容易忘了自己白手起家的過程，把客人都當成是「台北人」，就像那大陸媳婦分著主與客。在他們印象中，「台北人」是有錢也願意花錢的代表，她抱怨著台灣人如何如何，卻忘了在這城市，許多來店消費者，都是全國各地湧來求學的異鄉遊子，正如她來北城打拚一般。

妳欣賞白居易，即便在長安當朝為官，他從沒忘記自己也是老百姓出身，最初長安的米價問題，也讓他為官時見農婦耕作辛苦，反省自己一生從未下田，卻能月入千石米，為此廣施於窮苦。晚年的他，更捨自宅為香山寺，自號香山居士，醉心念佛，由〈香山寺〉一詩可見心境：「愛風岩上攀松蓋，戀月潭邊坐石棱；且共雲泉結緣境，他生當做此山僧。」詩中充滿悠閒，白雲水月共往來的生活，確實是人間鷺鷥之筆，一生體現風骨錚然，為民造福，故白氏有許多體恤百姓佳話流傳。

其死後，唐宣宗曾賦詩弔念這位教過他的老師：「綴玉聯珠六十年，誰教冥路作詩仙。浮雲不繫名居易，造化無為字樂天。童子解吟長恨曲，胡兒能唱琵琶篇。文章已滿行人耳，一度思卿一愴然。」

若說一片忠誠可白目白得帝王苦惱、舉國上下欣賞、僧侶欽敬，白居易可說奇葩。晚年他經年素食，遍訪名山高僧，遺囑交代死後不必運回故鄉下葬，只需安葬在香山寺佛光如滿禪師的塔墓之側。七十五歲往生後，墓前拜祭人潮不絕，據說墓前泥土從未乾過，常被祭酒浸濕。

「雪衣雪髮青玉嘴，群捕魚兒溪影中，驚飛遠映碧山去，一樹梨花落晚風。」這是杜牧的〈鷺鷥〉。歷史上，那些遠飛的白鷺鷥哪裡去了呢？當妳從道南橋上俯視景美溪的魚群，就會看見愛默森說的永遠變化的中心，一個在圈子中移動的中心，圈子的邊緣也在移動。魚群形成的黑影，隨著鷺鷥驅趕，形成渦漩。

妳更愛景美溪上游，那充滿林蔭與古詩詞交輝的文學步道。漫步其上，妳見小坑溪一汪蓮池旁，常有隻白鷺鷥踩踏蓮葉，精準俐落地穿梭而行。那刻，牠如天鵝般姿態優雅，從朵朵盛開的蓮花中朝妳走來；妳照見一個雪季的限時縮影，一則點亮長安的傳奇。

沒人注意小坑溪的盡頭，立著一首白居易的〈對酒〉：

蝸牛角上爭何事，石火光中寄此身，
隨富隨貧且歡樂，不開口笑是痴人。

詩中不分高低貧賤，那是充滿與萬物共遊，深深的慈悲。

妳想著，若北城的遊子，不管是前期打拚或後來居上者，都能以此心情互相照亮、體貼設想，飽腹之餘，不以賺錢為業，能互相包容彼此難處，該是多好的事！

【十一】

鸚鵡的祕密

鸚鵡含愁思，聰明憶別離，
翠衿渾短盡，紅嘴漫多知。
——杜甫，〈鸚鵡〉

Ishtar 2019.5.30.
彩虹吸蜜鸚鵡

許是早期養鳥經驗吧，生活中有許多偶然，巧合得不可思議。愛鳥人說不清是被鳥的自由所吸引，還是因自己也有那份特質，所以吸引鳥靠近？

就像，妳不知是小蜜召喚妳，還是因妳而親近？

第一次見到小蜜是在丁敏老師家，牠掙脫腳鍊，飛入這位佛學教授家裡。丁師養了兩隻貓，牠們在陽台上盯著這隻鸚鵡。因養鳥、懂鳥性之故，驚惶未定的老師第一時間想到打電話問妳這天外客怎麼處理？看了一下手機傳來照片，這鸚鵡有彩虹七彩色澤，許是因配色鮮亮多元，這套七彩衣因紅色比例過少，反倒像縫補不勻的百衲衣，妳錯覺牠還有小丑似的滑稽表情。

直覺沒錯，後來這鳥也對妳展示小丑演技，以及高明脫身術。

最初丁師怕貓傷牠，找個小籠子將牠關起來，對一下鸚鵡圖鑑，妳發現這天外客是「彩虹吸蜜鸚鵡」。據資料上說愛吃水果，老師大方地以櫻桃相贈，牠靈活輕快地叫了起來，有些樂不思蜀，不想歸巢。

說不出的預感，妳覺得牠似曾相識，似乎在哪兒見過。妳安慰老師，要她緩一下，先跟附近人家打聽是否有誰走失鸚鵡？果不其然，附近水果店老闆沿街打聽，聽見有人討論，老師忙不迭向前詢問，小蜜順利回家。

據說鸚鵡科有三百二十五種，食物多為植物性，好吃禾本科植物種子、穀類、堅果，其中舌尖呈刷子狀，以舌吸取果汁、樹液或花蜜的，就是彩虹吸蜜鸚鵡，小蜜的舌頭，就是這樣獨特的刷子。對一隻鸚鵡而言，有什麼比住在水果店更幸福的事呢？

小蜜的主人從不用籠子關牠，只用腳鍊鎖住，讓牠自在於橫桿吃西瓜、蘋果、水梨。送返小蜜後，日後只要路過這家水果店，妳必拜訪。只見牠專挑蘋果子出來，用喙輕咬，弄破後如啃瓜子般，將蘋果籽內果仁吃得乾淨，西瓜亦然。因搬家與齒列整治之故，妳離水果店更近了，每每用膳後，信步探望小蜜。

「小蜜、小蜜、小祕密——西瓜蜜，水梨蜜，蘋果蜜，奸仔蜜——」

唱歌般，每當妳走過，看見小蜜舔食各種不同水果，總會套上個蜜字對牠唱著。鳥如寵物般，日益親近，進而生情。從一開始怯生生不敢摸牠，到可以輕撫頭部，幫小蜜去除頭上羽鞘蠟質，妳跟牠迅速培養默契。鸚鵡換毛時，會出現粗毛羽鞘，鸚鵡與一般鳥不同處，在於抓頭時腳是穿過翅膀後方的嘎吱窩抓頭，以此方式，很難清理頭上羽管。於是妳幫小蜜輕搔羽管、撥除蠟質，如黑猩猩幫彼此理毛，很快地，小蜜同妳親近起來。

最後，牠索性沿著手臂，站上妳肩。

壓迫——是一隻鸚鵡站上肩時，妳唯一想到的詞，一點也不甜蜜。畢竟，那胡桃鉗巨喙，可比先前養的八哥嚇人。小蜜舌吻妳脖子好多次，有被貓舌舔過的人，都難忘記磨砂般的觸感，有別於狗舌頭濕滑。一般鸚鵡是粗糙如拳的灰石狀，舌頭厚實，而小蜜舌頭尖端，卻是縮小幾百倍的牙刷，被濕潤的小牙刷輕柔滑過頸間，大概就是被小蜜舔過的觸感。

說真的，被小蜜騷擾的感覺還真不賴，壓迫，來自於妳無法轉頭看到牠動作，妳全程閉嘴，深怕牠對自己剛戴上的閃亮牙套有興趣。鸚鵡跟烏鴉一樣喜歡亮片，記得第一次小蜜站上肩時，妳穿了民族風圖騰上衣，上面綴滿手工亮片，牠爬上爬下，沿著亮片綴飾路徑輕咬。無奈何，畢竟非自己馴養的鳥，妳仍擔心牠的野性。

以前妳養叮叮、咚咚那對八哥時，牠們想做壞事，眼神、瞳孔一收縮、張翅預備動作都讓妳摸熟了，現在小蜜一站上妳肩，妳只能拿出更閃亮的手機螢幕，讓牠藉由看見自己，轉移注意。這招奏效，對於喜歡亮片的鸚鵡來說，有什麼比看見鏡子中的自己更興奮的事呢？小蜜的牙刷舌馬上興奮地過去輕吻手機螢幕，狂跳求偶舞。後來回去，妳發覺相簿中，小蜜早用巨喙自拍幾張幸福照。

觀察水果店還養了愛情鸚鵡、金太陽鸚鵡，橙額錐尾鸚鵡。水果店老闆娘細細告訴妳，小蜜是自家親戚養狗，鳥狗互叫音量太大，不得已送養；那一對小愛情鸚鵡，則是週五在十字路口雞蛋花附近賣饅頭的少年，因家裡反對，他又愛鸚鵡，所以送來水果店，至少養這兒他每日經過會看見。橙額錐尾鸚鵡，那隻名叫大眼的傢伙，則是一個老太太養的，牠會學咳嗽的聲音，蹺家兩次，第三次在警局發現時，老太太嫌牠吵棄養了，警察詢問是否有人要養，她就帶回來了。至於躲在角落、怕生的金太陽鸚鵡，名為小太陽的，才是自家女兒從小養的，牠對任何人都會怪叫亂咬，對女兒則很依戀。

五隻鸚鵡，四隻有被拋棄、蹺家的歷史。

托水果店的福，炎炎夏日，經過這間水果店彷彿走入熱帶雨林，鸚鵡吵雜的叫聲很吸引顧客駐足觀賞，賣不完的水果切碎往籠裡一丟，鸚鵡們就活在天堂裡。因此妳買水果、拜訪之際，還可順道與牠們互動，拾取落羽回來清洗，製成書籤。

可能是第一隻來的鸚鵡吧，小蜜對其他後續來的不同品種鸚鵡，可是凶悍攻擊，領地意識鮮明。但對於鏡子中的自己可就不同了，那刻牠宛如發情般，幫妳細細梳理鬢角髮絲，親暱地理毛，接著劇烈左右搖晃頭部，一如嗑藥中魔般，流露一種邪惡快樂的傻氣。水果店老闆見狀，興奮地跑來告訴妳，繼上次一個洪都拉斯的女孩讓牠躲入頭髮之後，小蜜很少站上客人肩上跳舞。阿姨看妳輪廓深，以為妳非本國人。接著「唉呦！」慘叫，原來她太靠近還被攻擊，看來鸚鵡發情期，六親不認。妳趕忙收起手機螢幕，關閉拍照模式。

「牠根本是妳的寵臣吧！」看小蜜張嘴舔妳咬項鍊，舌吻舔脖照後，戀人調侃著。

那是妳跟小蜜的祕密，因理羽帶來的親密。自然地，妳查起鸚鵡的愛情觀。原來鸚鵡雖有許多品種，只有一種為一夫多妻，其他幾乎嚴守一夫一妻制。群棲的牠們，繁殖期會形成很大的集團。求偶期會行熱烈的接吻、鳴唱，整理彼此的羽毛。通常築巢於樹洞，利用啄木鳥舊巢作窩。鸚鵡極為長壽，據說可活六十多年以上。

鸚鵡與人同壽。想想《魯賓遜漂流記》的配角若非鸚鵡，主角該如何孤單？或許小說設定與此鳥能學舌、長壽特徵有關。無人荒島，有一隻鸚鵡長久相伴，確實是最佳寵物。

「ㄏㄧ——ㄏㄧ——」每當小蜜見到妳，就會發出幼雛討食物、疼寵的聲音。

小時候，家裡客廳掛著一幅國畫，那是三叔仿張大千筆下的楊貴妃。妳記得她裊裊婷婷的身姿，披著近乎透明的薄紗，肩上停著一隻雪白的鸚鵡，她以略嗔又喜，欲說還休的表情，略聳肩，眼神望向鸚鵡停棲身畔的瞬間，表情唯妙唯肖，那刻彷彿歷史快照，楊貴妃活生生朝妳走來，伴妳讀書寫字，數十個寒暑。那幅畫旁，三叔以趙孟頫的行書字體，寫下貴妃愛鳥，這隻雪衣娘的故事。據說這白鸚鵡不但能知皇上心事，懂得擾亂棋局，背詩詞一流，文末還記錄這隻鸚鵡作預知夢，夢見被老鷹襲擊，日後成真。這近乎傳奇的鸚鵡，是妳最早讀到關於鸚鵡成為寵臣的故事。也是童年未入學前，第一篇接觸的古文。自那時起，妳對鸚鵡有莫名的好感。

現今內蒙赤峰市遼代貴族墓地壁畫中，曾發現以此故事為藍本的「貴妃教鸚鵡圖」。畫旁邊題有詩文：「雪衣丹嘴隴山禽，每受宮闈指教深。不向人前出凡語，聲聲皆是念經音。」可見雪衣娘出於隴山。在唐代，無論宮廷還是民間都盛行馴養鸚鵡。唐、宋詩詞中常見鸚鵡，有西客、隴客、隴禽、隴山鳥之稱。如李白：「落羽辭金殿，孤鳴托繡衣，能言終見棄，還向隴西飛。」或白居易：「隴西鸚鵡到江東，養得經年觜漸紅，常恐思歸先翦翅，每因餵食暫開籠，人憐巧語情雖重，鳥憶高飛意不同，應似朱門歌舞妓，深藏牢閉後房中。」以隴禽稱之，見吳融詩：「隴禽有意猶能說」；以隴鳥稱之，見李商隱詩：「隴鳥悲丹觜」，又如梅堯臣詩：「雪衣應不妒，隴客幸相饒。」這些都是顯著之例。

鸚鵡與佛的連結，讓武后有了說故事的機會。唐朝張鷟的《朝野僉載》曾記一則軼事：

唐，則天后夢一鸚鵡，羽毛甚偉，兩翅俱折。以問宰臣，群公默然。內使狄仁傑曰：「鵡者，陛下也；兩翅折者，陛下二子廬陵、相王也。陛下起此二子，兩翼全也。」

在貴妃的雪衣娘故事中，鸚鵡如人，可作預知夢。而在這軼事裡，武后就是鸚鵡，在夢中預知二子未來。若說莊周夢蝶，不知自身，則武后與鸚鵡的互通處，甚可玩味。

在妳心中，唐代可是鸚鵡的王朝。而雪衣女的故事到後來，在武后演變為坐化通靈之鳥。據明朝李詡《戒庵老人漫筆》卷七〈鸚鵡事相同〉載，武后同樣也有一隻白鸚鵡，名為雪衣，武后貯以金絲籠，不離左右。一日武后對其說：「能作偈求解脫，當放出籠。」誰知此鳥竟答：「憔悴秋翎似頹衿，別來隴樹歲時深。開籠若放雪衣女，常念南無觀世音。」武后開籠放之，數日不到，鸚鵡竟立化於玉球紐上。武后悲慟，以紫檀做棺，葬於後苑。

武后的鸚鵡是否能讀懂佛經，進而修行？或許也是變造故事的手段之一。據《酉陽雜俎》載：「孔雀為經，鸚鵡語偈。」唐代鸚鵡與佛教故事有淵源，故事中的鸚鵡因誦讀佛經而增添傳奇性，或未可知。

對妳而言，小蜜是寵臣，懂得適時討寵，懂得適時站在妳肩上，討妳歡心。在妳做捕夢網、尋求鳥羽藝術時，牠毫不吝嗇，見妳撿牠胸毛，隔日再去，定會加倍奉送。美國教授「動物認知」的女科學家艾琳‧派波柏格（Irene M. Pepperberg）曾養一隻名為艾利斯的鸚鵡，與之相處生活長達三十年。這隻被譽為「世界上最聰明的鸚鵡」經研究，她發現艾利斯能分辨顏色、形狀和數量，不只是重複說人類語言而已，更會指揮人做事，其智力接近五歲兒童，情感則像兩歲。最後，當這位「英年早逝的夥伴去世時」（以鸚鵡六十到一百二十年的壽命來說，艾利斯的確走得太早），她深情寫一本書紀念牠。

妳是願意相信女人與鸚鵡的情誼的，不管是楊貴妃、武后或這位叫艾琳的科學家。鳥與女人天生有一種相似性，纖細、優雅，任性起來，那張嘴隨意編派的情緒，也歇斯底里地令人抓狂。裴夷直有一首詩，如今看來，不只勸鸚鵡，更像是勸普天下的女人：「勸爾莫移禽鳥性，翠毛紅觜任天真，如今漫學人言巧，解語終須累爾身。」女人是「解語花」。楊貴妃、武后都是聰慧一時、懂得讀懂人心的女人，受寵一如鸚鵡，然其不自由，命運之轉折劇烈，也非常人所能承受。

「ㄏㄧ——ㄏㄧ——」水果店的小蜜又叫了！當牠斂翅、蹲低身子，發出這種小孩般的聲音，妳知道這時不管誰走近，牠都會願意讓人摸的。對蘇菲詩人魯米（Rumi）而言，在接近真主的心靈朝聖之旅上，人的精神是以鸚鵡、夜歌鴝或白色隼的型態交替出現的。妳相信人的靈魂是漸層多彩，而魯米所說的三種鳥，都是極聰慧敏感的。

搬家後，妳蒐集小蜜的胸、腹羽做大部分鳥羽畫的花心，因為牠是妳日日看望、站在肩頭上的親近之鳥。若鳥羽藝術有個核心，妳想保留一種親近的精神性質。妳發覺大自然對鸚鵡是厚愛的。自然界拾獲的鳥羽，都是黑褐色或黑白交雜偏多，藍鵲與紫嘯鶇即便有亮麗的色調，也是一色漸層到底。如此想來，鸚鵡一身七彩，是天然多色的調色盤，天生適合做花蕊。

金太陽鸚鵡的次級飛羽就是梵谷的鳶尾花，從深濃的藍紫過渡到暖黃；至於愛情鸚鵡，羽根背面的毛色更顯多彩，是銀光為底的金屬光澤。妳出神地看愛情鸚鵡的尾羽與翅羽，在日光燈下變換銀白色的霓彩，相較鳥羽正面，更具魔幻的效果，有時如蜻蜓翅膀呈現透明，閃著水光流亮波紋。

最難忘的是求偶期，小蜜上方的橙額錐尾鸚䳇，妳總叫牠大眼仔，為了爭寵，牠知妳飯後會順路過去探望，一早就啃食蘋果泥堆成蘋果塔，見妳來拚命往籠外甩，高聲尖叫著。很難想像這小傢伙如何做到的？每個蘋果塊幾乎大小一致。妳輕撫牠的頭細聲說謝謝，表達自己吃不了這麼多蘋果，感謝牠好意，蘋果會氧化，交代牠自己留著吃就好。

這番痴人鳥話的籠外頭靠頭依偎之景，令路過學妹以為妳是探監。然而大眼仔確實能聽懂，下次再去，牠輕快叫了幾聲，蘋果就泡在水盆內保持鮮味，牠興奮地當場現咬幾塊，拋出籠外給妳。

這鸚䳇聰明，太得人心了！妳心想，這世界關於女人與鳥的故事太多，那些如神話般，人與鳥傳奇互動即便是現實，也該成為祕密，對於鳥與女人的默契都該保留，留給懂得的人心神領會。至於牠與她共同創造的是藝術，還是神話，或僅僅只是個故事？那些都不重要；重要的是當人與鳥因語言相會，進而相惜。何妨讓這些回憶，隨時間美麗？

【十二】

領角鴞的問訊

你行色匆匆，厭倦了行旅
而你從未戒除其需求的那
濃濃的美
就在你身旁，
一如蘭花保有其專屬冬日的
黑色斑紋。

——布蘭達・希爾曼，〈雪上陰影〉

2019.5.27
領角鴞

「Who？Who？」夜裡傳來這問訊聲，似乎像是問：「是誰？是誰？」

很久以前，妳會在山上老家模仿這種聲音，然後妳發現這個「Who？Who？」的聲音彷彿回應妳、尋找妳般，愈來愈響，愈來愈近。

「別再學貓頭鷹叫了，聽起來好恐怖！」妹妹總是如此抱怨。的確，在人煙稀少的森林裡，即便老家位於半山腰，仍是獨居戶。這聲音在夜裡聽起來格外響亮，也格外令人毛骨悚然。

古人討厭梟（貓頭鷹）的叫聲。漢代劉向《說苑》有一則寓言說：「梟逢鳩。鳩曰：子將安之？梟曰：我將東徙。鳩曰：何故？梟曰：鄉人皆惡我鳴，以故東徙。鳩曰：子能更鳴可矣？不能更鳴，東徙猶惡子之聲。」

在這則寓言中，貓頭鷹想搬家，鳩則告訴牠聲音不改，搬到哪都一樣，都會被人討厭。

除此外，古人很早就觀察到貓頭鷹巢穴食團裡多是鼠類毛皮、骨骼和小鳥的喙等，因此古人誤認為食團是小貓頭鷹吞噬父母吐出的骸骨，判定牠為不孝鳥。北齊劉晝《新論・貪愛》說：「炎州有鳥，其名曰梟，傴伏其子，百日而長，羽翼既成，食母而飛。」在梁代劉勰的版本則補充：「蓋稍長從母索食，母無以應於是而死。」如此，梟這種鳥更被人厭惡了。

認為貓頭鷹代表死亡象徵如古巴比倫、匈牙利、古埃及、古羅馬、西西里島居民及阿拉伯人，都認為貓頭鷹是死亡之鳥，會招致厄運。梟在古代為禍鳥，也有不同異稱，如：鵩、鵂鶹。漢代鄭庚成撰《周禮注》說：「鵩，夭鳥，惡聲之鳥」；《禽經》則曰：「怪鵩，一名鵂鶹。江東呼為怪鳥。聞之多禍，人惡之，掩塞耳矣。」

貓頭鷹飛入家屋更不祥。賈誼有一篇《鵩鳥賦》，作於長沙王太傅三年。當時被貶心情不好，又不適應長沙潮熱氣候，正覺得自己命不久，貓頭鷹就飛入家中。於是他問貓頭鷹：「予去何之？吉乎告我，凶言其災。」

他想像貓頭鷹口雖不能說話，用胸中所想的來回答他。結果貓頭鷹非常有智慧，開頭答曰：「小智自私兮，賤彼貴我；達人大觀兮，物無不可。」牠藉老、莊「齊死生，等禍福」的達觀來提醒賈誼貴賤、好壞只是人的標準，又引例一堆人貪求生命，為權力所誘東奔西走，趨利避害到頭來仍不免一死，反觀德人不被萬物牽累，知天命而不憂愁，因此漂浮像沒有羈絆的小舟自在。像飛入舍內這種瑣細小事，有什麼值得疑慮呢？

自然，賈誼的一生無法如貓頭鷹所言成為達觀之士，他也受鴻鵠之志所累，與許多中國文人一樣，一生不得志時刻居多，與鵩鳥對話，是想像的自遣、自我安慰之賦。但他客觀道出對於物的標準，人有不同的看法。妳觀察，鳥中除了烏鴉外，文化詮釋差異最大者，是貓頭鷹。

比如草原上的哈薩克族人認為貓頭鷹是吉祥鳥，聽見貓頭鷹叫會感覺快樂，相信不久會交好運。他們會佩戴貓頭鷹羽飾物，認為這樣做不僅辟邪，還帶來幸福。

哈薩克族未出嫁姑娘會戴「塔合亞」帽，這特殊的帽子用彩色絨布縫製，繡著金絲線花，再用珠子鑲成美麗圖案，頂端綴有一撮黑斑紋、鬆軟稠密的貓頭鷹羽毛，微風拂過，褐色羽毛就如蒲公英綻放，不過，結婚後就不能再戴這種帽子。

在英國，貓頭應代表繁殖力，如果懷孕的婦女聽到貓頭鷹的叫聲，就表示小孩的生產會順利，這與台灣邵族的看法相近，該族認為貓頭鷹叫帶來懷孕的喜訊。在澳洲，貓頭鷹是「女性原住民的守護神」。而古希臘神話中，貓頭鷹是雅典娜女神的愛鳥，常降落肩上，代表智慧。除此外，在墨西哥，貓頭鷹是財富的象徵。日文貓頭鷹是ふくろう，發音與「不苦勞」一樣，表示「沒有困難，一帆風順，勇往直前」之意，「福」字發音為「HUKU」，所以牠被稱「福來郎」。貓頭鷹又很長壽，因此是「不老」象徵，頭能轉三百六十度，隱喻廣納招財，生意繁榮昌盛，是以日本許多商家喜歡製作貓頭鷹飾品，藉以招來福氣與財富。

妳在台北地下街、木柵菜市場、世貿各種場合，都曾見過牛角雕成的貓頭鷹塑像，而在原住民的藝品店中，也常見貓頭鷹飾品，最大型的貓頭鷹雕塑出現在饒河街夜市，當時妳只想拜訪母親童年生活的地區，走一趟五分埔，在一九六〇年代以後，這裡由榮民住宅變為成衣加工集中地，聽說多為彰化縣芳苑人到台北打天下，但大部分店面易主多次。妳邊走邊觀察，想像母親少女時打工的感覺，一抬頭，赫然發現一對母子貓頭鷹矗立在街口。

那一大一小，互相擁抱的貓頭鷹，讓妳想起日本的不苦勞之鳥。意外的是，妳曾見日本養貓頭鷹的人翻開貓頭鷹的絨毛看耳朵，那臉盤側耳，跟人耳相像。貓頭鷹的眼睛也如人眼般在同一平面上，這讓妳更明瞭為何原住民傳說中，牠是女人變成的鳥。

貓頭鷹專注於聽，與祕密相關，妳想到母親一向喜歡打探祕密。奶奶、大伯、大姑、丈夫與兒子的祕密，她都瞭若指掌。懷孕生子後的母親變胖，眼睛睜圓，就像一隻洞悉萬物的貓頭鷹。妳有一套《白鷹醫藥祕輪卡》，在印地安，巫師會尋找自己的力量動物，每種動物都是「藥」，有不同的功能。貓頭鷹之藥，就是找尋祕密。

這不難理解，除了夜視能力極佳外，貓頭鷹聽力也很好，臉呈心形，呼之臉盤。牠們大型耳朵被覆罩於臉盤裡面，有一耳會比另一側大，耳朵位置左右不同，這幫助貓頭鷹可以快速識別聲音位置。想起母親總要妳小聲點，以前妳總以為在她耳中自己是麻雀太吵，後來才發現母親是要聽客廳奶奶、廂房中姑姑的動靜。由於聽力極佳，她總是沉默觀察，有時母親這種舉動反而令人誤會，增加反感。

聽說力量動物是貓頭鷹的人，可以看到、聽到別人想要對你藏匿的東西。別人沒有說的陰暗面、細微點都瞞不了。所以別人在貓頭鷹類型人面前也會不自在，因為他們無法欺騙，貓頭鷹型的人總會發現真相。光想到這點，就令人感到害怕。

欺騙與忠誠，是母親一生最看重的事。小時候母親就告誡妳不能欺騙她，她不會饒恕任何說謊的人。由於學裁縫，母親心思細膩，放置物品、收納都有一套，工作室內的車床剪刀若有人動過、何時動，偏移多少，她都知道。這也造成無形壓力，令人難以親近。

許是如此，母親從北部嫁到東部的浪漫愛情劇才演變成偵探懸疑劇。

母親總懷疑父親在外頭石友家坐得晚些就有問題，妳還記得父親有陣子著迷布袋戲，總會去石友家泡茶觀賞，回來較晚。母親總是不放心，最後她不動聲色觀察一陣後，才將三個孩子帶上，像早期鄉村拉布條看野台電影般，她會準備水果、小菜，檢查孩子們是否穿戴整齊，一家子坐上車，浩浩蕩蕩往石友家出發看戲。

父親不愛母親去家政班學才藝，母親也不讓父親有自由。妳懷疑母親的力量動物就是貓頭鷹。大部分的貓頭鷹獨居，只有在繁殖期才會跟伴侶在一起，而通常母貓頭鷹要很相信伴侶，才會跟他在一起。

相信這件事，立基在各角度的審視、檢查、甚至考驗後才成立。

妳不意外，貓頭鷹也代表莉莉絲（Lilith），亞當第一任不願意臣服於他的太太。雖然貓頭鷹能知道他人祕密，有些恐怖，妳卻能以收藏貓頭鷹羽的祕密為榮。

沒有什麼羽毛比貓頭鷹羽更珍貴、更精緻。貓頭鷹羽毛會在前緣形成鋸齒狀，又稱羽緣梳狀毛，這使氣流在流過之後，形成小的渦流（vortex）。由於這些小渦流的震盪頻率很高，已超出大部分獵物聽覺頻率範圍，當然，也超出了人耳所能感受的聽覺頻率（人耳的聽覺頻率範圍落在二十赫茲到二萬赫茲之間），其次，後端羽毛能防止氣壓突然變化，而覆蓋其他部位的羽毛能吸掉多餘的聲音。貓頭鷹可說無聲飛行的專家，現代科學家企圖模仿這種構造，打造無聲飛機。

羽毛控的妳最愛用鴿子羽與領角鴞作實驗，妳會讓朋友坐好，在面前示範同一高度鴿子羽毛飄落，碰到地板仍有「喀」或「擦」一聲，而領角鴞則如滑翔翼般，像是滑入水面那樣，完全無聲。接著，除了讓朋友看羽緣不規則梳子狀構造外，妳會讓朋友輕撫鴿子與領角鴞的羽毛，觸感有何不同？鴿子羽平滑，指尖輕巧如溜冰般滑過，領角鴞則有如走上絨地毯般的稠密細緻，拿放大鏡細看，鴿子是羽小根整齊排列，領角鴞羽小根上面還覆蓋更精巧的細毛，再拿根試管滴水，水珠很快溜過鴿毛，完全不沾濕鴿羽；領角鴞則不然，水滴慢，水經過之處有水痕，羽毛上的細毛會如洪水過後的尼羅河兩岸蘆葦，傾倒一旁。

領角鴞的羽毛不防水。為此之故，小水鴨、鶴羽妳也會一同展示滴水的效果。通常羽毛表面愈有蠟質感，愈光滑，防水效果一如雨傘，愈能保護鳥主不受濕氣干擾。是以，不難理解為何貓頭鷹都睡在樹洞中，不像一般鳥兒築巢，羽毛的優點也是缺點。

若說蝴蝶是花的魂魄，貓頭鷹便是會飛的樹夢。牠們是群樹幻化的精靈，鳥羽條紋與配色可以輕易融入樹幹中，真假難辨。警戒或遇到天敵時，角羽豎起，就像折斷的樹幹模樣。一般鳥羽因為平滑而有金屬光澤，連烏鴉光滑黑翅也呈現一種夢幻的靛藍反光；但是貓頭鷹羽毛無法如此，牠們盡可能模仿樹，斑紋一如木色樸素，確保安全，可說是自然界最好的擬態高手。聽說梟頭部能轉動一百八十度看後方，長耳鴞則能轉動二百七十度，同時亦能將臉部上下顛倒轉動。

這無聲的信差因神不知鬼不覺的飛行，在電影《哈利波特》系列中，擔當巫師們的信差一職，在魔法和現實世界間傳遞信件。妳喜歡《哈利波特》，為了許多翩然而至的貓頭鷹。

最後一集中，哈利波特打贏佛地魔，那刻的他明白，原來他也是佛地魔的分靈體之一，只有自己先死，佛地魔才會死。重生的他明白：原來自己已足夠強大，根本不需要通過傷害自己或他人，才能創造想要的事物。最後他將能統治世界的接骨木魔杖毀棄，他再不需要魔杖，也不需要擁有征服世界的力量。那刻，他知曉真正的力量只有來自自己，不假外求。

力量不是控制也非統治，不是試圖讓外界一切符合一己之志，而是清楚地知道你是誰，而不是試圖「想成為」什麼。耳邊又傳來李園領角鴞的叫聲，妳跟著回應，這對話像——

「Who？Who？是誰？是誰？妳是誰？」

「Who？Who？你又是誰？可成為誰？」

「Who？Who？是誰？是誰？」

「Who？Who？我不知道我是誰？我只能是我自己。」

「Who？Who？妳究竟是誰？」

這關於存在的問題，也只有貓頭鷹能問。妳想到在莎士比亞逝世四百週年的皇家紀念晚會影片，看見許多英國著名演員詮釋《哈姆雷特》名句：「To be or not to be, that is the question.」（生存還是毀滅，這是個值得思考的問題）隨著重音放在「or」、「not」、「to be」、「that」、「the」或「question」，情境隨語句表達的重點，有了不同的詮釋可能。

每當領角鴞一叫，妳總思考存在的狀態，妳認為這是個生命的善意提醒。藉由收藏鳥羽，這地表最輕的收藏，妳更深入地看「身為女人」這件事，以及存在究竟是怎麼一回事？妳從母親追溯，從這個城市給妳的鳥羽暗示來參悟，最後妳發現，女人其實很難決定。她無法決定的原因是：她就算做出決定，很多時候也後悔自己先前的決定。

可別怪女人多變，這是因為她如貓頭鷹般，需要融入群體、棲息的樹之間，才能決定自己的樣態與顏色，可外境又是隨時隨地變化的，為此她充滿恐懼、惶惶不安，充滿過分細緻的小心。

女人一生在為人女、人妻、人母之間，扮演各種角色。一開始她被教導最好安靜無聲地配合長輩，因此「沒有自我」的她總是無聲地觀察身旁「眾多的我」，而後她隨之扮演各種角色，與其互動。最後她發現父親、另一半或生活中各種男性扮演的「我」（社會上種種認可的功名角色都是），那只是「小我」，其外殼非常堅硬、充滿侷限、制式化，且常常不知變通。她更發現這些硬角色中也沒有一個是真正的「我」。為此，她開始看見「無我」，有別於一開始的「沒有自我」，「無我」可扮演各種角色，進而超越那些角色，如同下戲後脫掉戲服那樣輕鬆。因為不執著於「我」，所以能達到空。這種空不是空空無一物的空，而是像樹幹可以容得下貓頭鷹，清晨的寂靜，可以容納各種鳥鳴，聽見整個世界的頌歌的那種靜，又如子宮能孕育生命的那種，涵攝萬物之空。

當這種空出現時，女人「內在的大我」已覺醒，她會很精確地知道該如何回應生活裡的每個處境，正因為她處於空的狀態，才能察覺四周一切，知道每個當下該如何反應。「內在的大我」不執著於外在變動的角色，因此不是「小我」。這社會執著建立各種身分打造不同的「我」，每當人以「我」作為主詞，連結左腦時，言語與頭腦的判斷結合，通常是為了確立自我的立場而表達一種防禦或攻擊，這就很難處於平衡狀態，人們誤認為在思想和言語上的辯論與抗爭更珍貴，於是這時代的人們時時缺乏安全感，不穩定，心裡總是感受到挑戰。他們忽略了沉默，耐心地聆聽是一門藝術，也是難得的美德。

當一個女人使用「內在的大我」來聽時，就如同聶隱娘般，她懂得隱身，懂得聆聽，懂得在靜默中產生魔法。那時每一顆鵝卵石，每一棵樹，每一朵花，存在中的萬事萬物，都在無聲中訴說。

蘇珊・坎恩（Susan Cain）發現世上有三分之一至一半的人口是偏內向的，可整個世界都「被逼迫」外向，她從小就被訓練口才、要活潑、要積極爭取、風趣地表達自己。可當這世界喧鬧不休時，許多人「被迫」社交，其實都是隱性受害者，反而無法作自己。就像她先前寧可聽信商場、職場上的交際道理，讓自己成為華爾街律師，常去熱門的酒吧應酬歡樂，但骨子裡，她想要的是平靜地與朋友吃頓飯，在家裡舒適地用筆電好好工作，當個作家。

那個自己，她以「內向的力量」稱之。沉靜才是她最自然、最真實的自我表現。妳看了她在TED的演講，想著多少姊妹女性為此受害，得八面玲瓏如一朵交際花，奉獻一切時間給外界認為「女人該做的事」，卻沒留一點沉靜時光給自己。「儲存內在寂靜」，妳想起巫士唐望說這是巫師能變形的關鍵；要超越人的界限，就得處於這種內在寂靜的空當中，在那種狀態中，人可以觸及萬物，探索自己的邊界。那是能變形、能飛翔的祕密。

變得透明，妳看著手上領角鴞尾羽這樣想著。即使牠羽毛有這樣複雜的結構，令人驚訝的是，這枚尾羽薄如蟬翼，幾乎沒有重量，如握一小片半透明的薄紗。

「Who？Who？妳是誰？」李園又一陣低頻的問候傳來，詢問聲愈來愈清楚。

變得透明。妳發現，妳的生活不需要固定身分認同或太多人生歷史，也不需任何限制、信仰、恐懼或各種反抗的行為。妳願意放下頭腦因為「我」產生的各種雜聲，停止防禦、自以為是、挑釁、堅持己見，釋放全部的小我，讓自己變得柔軟而有適應力、能被穿透也能滲透。變得更內向、更女人一些。一如《道德經》說的：「上善若水」，水是透明，如地母無私滋養萬物，源源不絕。

變得透明，意味每一次都讓自己更有彈性、更流動，並且完全處在當下，擦拭知覺之鏡，讓能量通過，照見萬物。妳至今尚未拍到半隻貓頭鷹，但決定將這枚珍貴的領角鴞梳狀羽，安置在貓頭鷹文中。古羅馬人相信在睡覺的人身旁放一根貓頭鷹羽毛，就可以知道睡覺那人的祕密。妳希望知道自己的祕密，眾鳥的祕密，母親的祕密，女人的祕密，萬物的祕密。妳傾聽，在沉靜中發現，原來自然萬物都由同樣的祖先演化而來，沒什麼界限是牢不可破的。

「Who？Who？」正在閱讀的你，又是誰呢？

【十三】

捕夢網

夢是線狀發展的，在快速進展中，
它忘卻了自己的路。
遐想則呈星狀，回到自己的中心，
放射出新的光芒。

——巴舍拉，《火的精神分析》

妳幻想編織收藏的鳥羽，可以召喚所有鳥族。身為女人，妳覺得自己有一半時間活在夢裡，那種內向性，讓妳幾乎無時無刻傾聽、閱讀、思考，與流過身旁各式各樣的生命對話。

在《歐赫貝的祕密》裡，席雅拉意為「光之女神」。她是堅忍勇敢的崗妲艦隊大統帥，為了尋找愛人行蹤，以女製圖師身分混入歐赫貝母圖繪製室。她不瞭解為何繪製內陸大地這種沉重工作要託付給女性來做？而她的好友則一臉吃驚地看著她說：「我還以為這是再明顯也不過的事呢！席雅拉！萬事萬物都是女人誕生出來的啊！」

她最後發現一個祕密，原來母圖會呼應女人願望。母圖上沒有她愛人尋找的靛藍雙島，於是她趁自己任女製圖師時偷偷畫上，用愛人給她的愛情磁石混著顏料，繪上傳說的巨獸章魚象。當愛人最終與章魚象一起被探險隊帶回，她不意外那生物的外貌顏色，跟自己畫的一模一樣。

閱讀故事時，妳對席雅拉兼具勇敢與痴情、天真與專注的探險精神所吸引。又想起現代物理實驗證明：觀察物體的同時，觀察者早已改變物理已知的現實。人只要觀察某物體，就可以改變其屬性。

理性的科學與神祕想像，在此融合為一。

那麼，這世界是個夢嗎？一個人類的集體大夢？不知這問題是否也有地誌學與物理對話的空間？普拉斯（Francois Place）筆下所創造的《歐赫貝的祕密》，確實虛構了一趟雄偉壯闊的冒險，愛的傳奇。人類在還沒有科學圖鑑之前，地表上的生物們想必都是夢與神話織成的，是誰賦予牠們最初的名姓？

妳反覆思索隨著科學發現、觀察鑑定、測量命名，而逐漸統一、格式化的結果，那些關於動物的傳說故事，如消失物種般，也慢慢淡去，變得不重要。妳害怕這些物事慢慢消失，就好像另一種觀看、思維世界的方式走入歷史，被後來的人們遺忘，甚至一提起，就對這種物事的真實存在產生懷疑。

正如消失的物種因不再存在，彷彿都蒙上一層神話陰影。

母圖唯有女人能繪製，正如只有席雅拉聽得到海與大地對她的暗示。或者反過來說，女體是自然的夢做成，所以可呈現原始地貌縮影，潮汐起伏、變化萬千。妳將邂逅每根鳥羽，當成一次內在事件，一次寂靜之聲，一次對話。鳥羽是天空的訊息，是一則則公案，帶妳走向內在寂靜。那聲音與自然萬物，一切看似發生在外在，卻同時處於內在的事件對話。

妳思考是什麼在顯示整體的同時，又揭示出整體的不足之處？妳迷戀的究竟是鳥羽，還是鳥羽之上的什麼東西，但這些東西恰恰又是不可捉摸的？

畢竟，鳥是地表最常被神話詩歌編寫的生物之一，羽毛象徵精神的純潔無瑕。不只民族學者魏德・戴維斯（Wade Davis）記錄祕魯地區的瓦歐瑞尼人死後有「羽毛審判」的說法，古埃及相信人們死後會面臨人身胡狼頭的阿努比斯神的秤桿測試，牠以一根羽毛（象徵真理女神瑪特，通常以一根鴕鳥羽毛來代表）秤量死者心臟，心臟蘊涵一生靈魂重量。如果兩邊平衡，亡靈得以進入冥王的極樂世界，要是秤稍微偏斜，阿努比斯便將那顆心臟毫不留情地拋進「吞噬者」阿米特嘴裡，這個怪獸是鱷魚頭，上半身如獅、下半身如河馬，蜷縮在地獄的異獸。

「In lak'esh！」音近英拉凱許，這是馬雅人的打招呼用語。一走入「好好地」，這間位於芝山捷運站2號出口附近，隱於街道的手創工作坊，研究馬雅印記的黃戰士老師，就這樣親切地招呼。這家店沒有特殊招牌宣傳，只有臉書不定時張貼手作課與烘焙分享。雖無招牌，過街時妳見透明窗台懸掛著捕夢網，走入二樓空間，乾燥香草、燭台、手繪織品如巫師市集那般琳瑯滿目，亂中有序，空氣中有波希米亞的慵懶音樂瀰漫。妳確定自己找對地方了。

妳最早的收藏，便是由染色雞毛所製成的捕夢網，這是由許多色彩繽紛的鳥羽做成，夜市常見。聽說可過濾噩夢，但小小捕夢網，真能捕住怪誕的夢嗎？疑惑如妳，想改良設計。或許關鍵並非網，而是鳥類啄食蟲子的本能與特質，讓那張網發揮效力。就跟蛛網一樣，沒有八腳獵人，就只是一張玲瓏剔透的藝術品罷了！

教妳製作捕夢網的老師叫哲鳳，她一開始就在白板寫下基本元素——

框：可以包布、纏線

線：捕好夢、去壞夢，通常中間要留洞

珠子：代表智慧

羽毛：代表鷹的力量

隨著哲鳳帶領靜心，每人抽一套屬於製作捕夢網的指引卡。靜心後，妳的馬雅動物指引是「孔雀」，靈魂卡是一個阿凡達造型的人吐出一朵蓮花眼睛，亞特蘭提斯卡是七大智慧支柱，另外一張精靈卡的特別的指引是：「生日，你的問題會在一個重要的生日那天得到解答。」

一個精靈帶著彩色氣球與大禮物，手持號角，坐在香菇上對妳微笑著。妳不解其意，猜想或許這與自己明年生日有關。老師看了一眼，說有需要的人還可以再去抽一張馬雅卡，妳馬上再抽一張，這次的馬雅卡是「白狗」，聽說是愛的象徵。

妳看著這五張卡，想做一個由孔雀主導的世界之樹捕夢網，作為祈福。妳為這樣的巧合吃驚，畢竟妳收藏中數量最多是孔雀尾羽。每晚都睡在孔雀羽樹下，這個祕密可沒什麼人知道。沒想到抽到的第一張就是孔雀，哲鳳可不知妳屬狗，是愛狗人士。是以最後一張抽出白犬，也很同步。

妳收藏孔雀羽，第一批是高雄玉市賣水晶的老闆，他看妳盯著牆邊孔雀尾羽筒發楞，索性送妳幾隻。他告訴妳印度常販賣孔雀尾羽，因為那代表克里希那神，而在西藏或日本，孔雀羽代表孔雀明王，該神是大日如來前身，孔雀羽的中心代表第三眼，是修行者開天眼的覺悟象徵。

妳不知人如何修成天眼，但妳深信鳥族本身就有天眼，看得見人的氣場。可能因為養鳥愛鳥，又因收藏鳥羽與孔雀結緣，不管去動物園幾次，孔雀總對妳開屏。一次去板橋林家花園，籠內公孔雀朝妳直叫開屏，友人覺得不可思議。另一次是花蓮兆豐農場，園中孔雀可自在出入各園區；當時正值換季褪羽的高峰期，妳見一隻公孔雀朝妳默然走來，姿態優雅彷彿領路人，便尾隨牠到溝渠旁，赫然發現所有的公孔雀都將尾羽拋擲此處，那時妳像盜墓人發現象塚滿是象牙那般驚奇，樂不可支地捧回滿滿一把孔雀羽。

攤開收藏的羽毛，思緒隨羽管伸展延伸，妳發覺這些飛羽也頻繁出現在妳生命之流中，為生活帶來樂趣。

妳思索這個網要放上哪些鳥的毛作為祝福。收藏最早是家裡養的幾隻愛鳥，叮叮、咚咚的翅羽、九官鳥旺旺的尾羽，後來增添奶奶養的禽鳥，火雞酋長的尾羽、白鵝翅羽等，牠們是妳心中長翅膀的護衛。

家禽外，妳在大湖公園與景美溪畔收妥白鴨、白鷺鷥、黃頭鷺等羽，生活裡鳥兒們常到李園打卡，而妳四年住宿學校，拾獲的鳥羽票卡有：大卷尾、白頭翁、麻雀、鴿子、紅鳩、斑頸鳩、綠繡眼、樹鵲、黑冠麻鷺、大冠鷲、紫嘯鶇、黑鶇、藍鵲、白鶺鴒、紅嘴黑鵯等。

鳥在不同民族都是靈性使者，各有不同象徵，譬如朱鷺之於埃及、大鷹之於印地安、烏鴉之於日本、鳳凰之於中國、灰冠鶴之於烏干達、孔雀之於印度、渡鴉之於阿拉斯加的特林基特族人。提到鳥羽的力量，說故事的人總是充滿敬畏。雖然有些故事古怪離奇，如鷹羽可斬斷人體氣場的邪靈，孔雀羽帶來豐盛與金錢。

若將旅程邂逅的每根鳥羽都當成一支支不同色彩的公案來參，與之對話；妳想人最終都該跨越一己邊界，融入神話與詩歌後，妳希望親手編織的這張捕夢網，集結各神話的飛羽，更能呈現精神視域，看見不同空間。

思及羽瓣伸展與芽抽枝發葉的生長過程相似，只是鳥以自身血脈滋養羽管，而樹則以全身纖維管束，譜寫木的年輪。妳想著孔雀是綠色的，這個捕夢網應以綠色為主，於是樹身綁上翠綠的東菱玉，代表療癒的翡翠綠之光。最中央是綠孔雀胸毛，經典中佛陀化身為綠孔雀，藍孔雀是一夫多妻，但綠孔雀可是愛情忠貞的一夫一妻代表，比較可貴。

上課時正逢馬雅跨年，聽說地球揚升需要鳥族的帶領，上去彩虹橋。哲鳳看著教室內十幾個女生圍在圓桌前一起綁線，不禁笑說這多像部落婦女的編織時光。妳則想著地球母親生日，這套世界之樹捕夢網應該盡可能的豐盛，作為妳獻給大地之母的禮物。編織這件事跟素描、排羽、寫作一樣，都可進入深層靜心，讓人忘我。

妳遵循牌卡指引，想著世界之樹要有特殊鳥羽，記得拜訪碧涵軒鳥園時，曾捐款支助鳥園，買下尼泊爾國鳥棕尾虹雉（彩虹鳥）的胸羽兩根，於是妳放置到綠孔雀胸毛的兩側，作為主導。

「七大智慧支柱」的卡則讓妳想到這張網要有七種元素，中央珍珠飾品象徵大日，月光石代表月亮，樹身上的十七顆東菱玉是風，紫水晶是水，鈦晶內含金絲代表金，五個木珠代表木，樹上兩朵碧璽之花代表土元素。火元素是隱藏的，因為每隻鳥羽綁上前都要經過煙燻，最後結繩，妳用線香之火來收尾，燒斷多餘線頭。於是，這個神聖的捕夢網有了神聖的各種元素。

至於捕夢網鳥羽該放多少呢？其實捕夢網只要少數幾根代表就好了，從未有人放這樣多的羽毛。畢竟，羽毛只是象徵。

但妳想，捕夢網在此神聖日子編織，應該特別點。首先要有自己曾養過的禽鳥：於是八哥、九官、校內鴿子、火雞、白鵝、鴨羽先上去，又聽說彩虹橋的搭建需要北美之鷹與南美之鷲會合才會產生，安地斯神鷲鳥羽，妳曾無意獲贈，至於北美老鷹羽，朋友說壽豐鄉顧稻田的獵鷹可得。台灣老鷹屬保育類，不可販賣。那老闆引進來自北美的栗翅鷹，據說顧田勤奮，一年換羽約十二支，店家除賣米、展示頭罩以及訓練老鷹資訊外，妳見尾羽一支一千，翅羽四百，更小者，早被搶購一空。沒多加考慮，妳將翅羽買回，放入捕夢網。

彩虹吸蜜、橙額錐尾、金太陽等鸚鵡是每日經過水果店會打招呼的朋友，妳自然蒐集不少。黑天鵝聽聞美濃冰品店有養，於是妳拜訪，跟老闆討來收藏。老闆養鵝二十多年，還告訴妳黑天鵝不飛的祕密。羽毛控如妳，為了蒐集，寫作此書時，妳也聯絡台灣高海拔研究中心，動物園、兆豐農場、鳥園等各單位，可說除北城撿毛整理資料外，盡可能地呈現羽毛的多樣性。藍腹鷴、大冠鷲、紅鸚、孔雀，那些未寫入的鳥羽，為了配色相稱也放上去。

編織跟寫作有個共同處：交織結果會與最初想像的不同。編織時，不同的色線自然會讓人找對比、相近的配色，總要在大畫面上看起來和諧。一體和諧是最難的，每根飛羽所交織的色彩共鳴，得如合唱優雅。

這自然需要一番審美的考慮，以及懂各鳥羽的意涵。比如金太陽鸚鵡如鳶尾花的翅羽，讓妳直覺地放到丹頂鶴、皇冠鶴，那些象徵太陽的聖鳥旁，那是另一種神祕的分類邏輯。妳想到「文」這個字的象形，錯畫一如編織。字是會生長的，會開花結果，讓每個詞都是林中鳥，飛翔歌唱，那些稍縱即逝的靈感，都是飛舞在文字林間的小蜂鳥，妳只能在編織中不斷放空自我，用雙手掬捧一點蜜，吸引牠們停棲。

妳希望這棵世界之樹結實纍纍，畢竟，有什麼比果樹更吸引各類鳥停棲的呢？

無我，或更好說是空。妳進入空，以讓自己聽見眾鳥的聲音。有那一瞬間，因為無我，妳以為自己成了鳥，鳥就是妳。在編織中，時間被取消了，界線不存在。於是妳懂眾鳥為何要這樣選定牠們自己的位置，但妳說不出自己「懂了」究竟是什麼。

讓每個念頭生生死死，如鳥兒來了又走，妳目送每片孤鴻遠影。汲取生命的流光，捕獲飛鳥一閃而逝，驚鴻一瞥的美，妳將飄落哲思拾起，與那枚曾在空中飛舞、摩娑大氣的靈魂對話。因為開放給未知，反而無礙，當眾鳥羽交織成一首歌，自在流動。又因這些鳥都是妳認識、寫過的，大部分鳥主都還活蹦亂跳地活在這世界上，於是無風情況下，這張網像待風飛翔一般，彷彿隨時準備起飛。

最後妳做成的捕夢網，共有二十九種鳥類，三十三根鳥羽。查一下生命靈數，二十九之數代表作夢者，編織夢境的人，三三相加為六，六為完美的療癒之數，那是雙倍的三之美，藝術的溝通，將夢中的祥和落實人間。

無形中，這張網編織時已自己呈現自身樣態，渾然天成。

這套鳥羽收藏會生長、變化，一如女人有情緒起伏。妳希望這份收藏書寫，也呈現一種「無目的性」。

原以為自己寫女人與收藏，寫關於台北、關於鳥，關於收藏這些鳥羽帶出的回憶與生活的體感，對空間的觀察，各情境中的反思，這些都需要耗許多腦力，後來沉浸於編織書寫之流中，妳愈來愈發現是鳥羽引導妳。牠們會讓妳看見最適合的材料，自己在文中棲息、唱歌。

於是妳思索這件事：鳥、花，或各種自然的事物讓人覺得之所以美，正在於其存在「無目的性」。或許女人之美也該納入這種無目的性中，無目的有個好處，這會呈現一種更原始單純的自性，在那裡，風格自然顯現、美自動說話。於是，妳在收藏中行動，無所為而為，只是順應自然，邂逅自然給妳的禮物，只是單純作自己。

作自己，乍看簡單，卻是在眾多權威的聲音與意見中，最容易讓人迷失的事。

書寫的同時，雖然妳也閱讀、參考不少鳥類與鳥羽的科普書籍，總是很小心謹慎地引用，不想讓這本書成為科普讀物。朋友們總提醒妳要問專家，要寫研究數據、要客觀。嘿！等等，如果收藏講的是藏主與收藏品之間的故事，妳怎能置身事外，把自己忽略掉呢？

妳想到當科學論述成為「唯一被認可」的標準，這種獨斷與堅稱，反而是更獨裁的事兒。人總是把自己獨立於自然之外，彷彿那個場面中自己如上帝般客觀、不存在。這種以科學方法套在人文學科的說明方式，其實並非詮釋。這點在德國哲學家伽達默爾（Hans-Georg

Gadamer）《真理與方法》已有批評。

伽達默爾認為「詮釋」與「解釋」本來都有把詮釋者包進去的概念，但現今科學中「解釋」的意思已經從「理解」（understanding）變成了「說明」（explanation），「解釋」（interpretation），interpre 原意是中介人，中介的協商者與溝通者，可現在的科學解釋都變成了「說明」，例如牛頓的地心引力，解釋蘋果會掉下來的原因，這個探求「為什麼」，變成了「說明」。於是伽達默爾才創造了「詮釋」（Auslegung）一詞，還原「解釋」被科學濫用過度的原義。

有別於榮格（Carl Gustav Jung）提出的「同時性」（指現場或當下同時同步發生的現象），伽達默爾提出「共時性」（Gleichzeitigkeit），這是指不同時代的讀者第一次閱讀時，理解作品的那個同時性。因此閱讀的「理解」不是「再現」，比「再現」更重要的是，套用他在《真理與方法》的原話：

> 我們所閱讀的一切文本只有在理解中才能得到實現。而被閱讀的文本也將經歷到一種存在增長，正是這種存在增長才給予作品以完全的當代性。

伽達默爾詮釋的特性在於：文本透過閱讀讓過去與現在的視域融合，因此有了「共時性」，於是文本在此意義上，成為數百年與數千年之久的歷史距離下的一場「對話」。這個「對話」能完成，最重要的是當代讀者透過其身處時代的觀點與困境，與經典對話、反思中完成。於是作品不是死板的、只有一種「客觀」意義的作品，而會隨著時代「增長意義」。經典並非超越時間，而是始終與我們「同時間」（處於同一時空，具現實性），並交融過去與現在的兩個世界。

至於美與詮釋有何關係呢？伽達默爾說：「美之物的顯現和理解的存在方式都具有自成性（EreignisCharakter）。」德文這字，由兩個詞組成。Ereignis 是欣賞美與理解過程中，產生那種豁然領悟，瞬間開明的感覺，Charakter 是指事件的性質或本質。因此這個「自成性」，有如真理的「自明性」。審美理解中的「自明性」與「自成性」是直接的體驗，並非修辭上的論辯。

直接的體驗，是妳書寫至今，覺得這時代的人因網路發達，在現實生活中最缺乏的事。

若要重獲自由，不管男女，唯有自己去尋找自己的答案，才會寫下自己的真實故事，編織自己的生命脈絡。人生路上，太多權威與專家意見了，每個人的旅程風景不同，對同一物的詮釋也不盡相同。妳寧願讓鳥羽及其意涵，呈現一種增長的對話性，可持續延伸下去。

妳清楚明白，即便走遍世界各地的鳥園，聯絡各單位蒐集妥北部各種鳥羽與專業攝影，也不可能親密如水果店的鸚鵡、自己常拜訪的李園、景美溪、小坑溪、植物園等，那些是妳常出沒的領域，妳認得鳥兒們，牠們也認得妳。在妳撿拾鳥羽的同時，藍鵲從妳頭上飛過，甚至會下樹蹦跳著堵妳。妳知道牠們也觀察妳許久，一旦取得這些鳥信任，即便手上沒有專業攝影器材，甚至只有手機這樣簡單陽春的攝像，也可以近距離捕捉難忘的片刻。就像紫嘯鶇，當妳知道牠的鳥徑，像是算好時間般，時間一到，牠就停在那兒，彷彿約好似的。

每個下午，水果店的小蜜會從搖晃的鞦韆下來，大眼仔會幫妳儲備食物。最近，大眼還將咬碎的蘋果泡水叼出，裹上一層葵花子、小米種子，在妳靠近時一邊咬，一邊拋出籠外與妳分享，那是牠特別為妳準備的下午茶點心。

妳把自己當成自然的一部分，日日散步，多次拜訪，與眾鳥培養默契，這需要身處於同一當下，全然地與之同在才能產生的深刻情感。換言之，需要無所事事，無目的，喜歡賞鳥又愛漫遊的人，這份收藏才可行，畢竟每種鳥換羽的時機不一樣，鳥徑也不同。

捕夢網、近距離的攝影、鳥羽藝術，都是妳對這份收藏的存在性詮釋。

妳選擇讓鳥羽自己呈現風格。讓鳥羽自然呈現牠們的美，少些說明。妳留意人們往往注重說明而忽略圖本身，於是妳盡量讓全書攝影、鳥羽圖無聲，只呈現牠們自身的美，那種當下性。至於想說的，妳已在各鳥羽的收藏書寫中對話。妳想保留心的直觀，那種自明性，開放給讀者參與，讓這本書除了有聲之言的文字，更有無聲之言的圖像，有形與無形，形成兩種不同的觀看。

自然是沉默的，需要去體驗。在「似無一物可說」和「說似一物即不中」之間，那些不好說，不可說，不必說，言語欲盡者，皆在其中。畢竟，妳與羽毛實在周旋太久，寫作時間雖然只有一年，然愛鳥、養鳥、觀察鳥這件事，卻進行多年。鳥羽經蒐集、清洗、殺菌、烘乾、分類、比對、標示，最後排列成圖，或進入手繪、編織階段，都讓妳沉入無聲中。或許手工藝、閱讀、寫作、走訪自然都有這樣的神奇魔力，那種專注於手邊事物的寧靜感，讓人踏實地進入另一個世界。

著迷，忘我，入神。

在妳與鳥羽對話、冥思與排列這些飛羽時，彷彿有看不見的力量同時運作著，鳥羽成為自然的色票，妳比對票根，讓直覺與靈感引導妳排出鳥羽花朵，這些靈魂之花，色彩的曼陀羅。

妳喜歡用手去撫觸、整理鳥羽，那是與研究不一樣的狀態，當妳研究時，妳是處於頭腦中；可當妳親自動手去做、去編織的時候，是整個人都在做，身心靈都沉浸放鬆。不會急著想結果，不會去想怎麼做是對的，一步一步慢慢來就可以了，也不會忙得沒有時間，將大腦空出來，讓鳥羽自然引導，如是，整個人有一種滿足的狀態。自己織的東西，壞了可以補。就像捕夢網因為是自己設計的，所以當線頭鬆了、鳥羽要替換，也不會慌。最後妳發現：生命只有與生命合一才自在，愛無法分類、實驗、打上標籤，只能去愛，去融合。

因為無目的、不預設結果，妳反而覺察有一種無限自由的力量支持著妳。

藉由收藏鳥羽，妳打造一套精緻優雅又獨特的羽毛藝術，如果收藏呈現品味，參悟一則則無聲鳥羽公案，妳於沉默中進行五感翻轉，體驗鳥羽輕柔的觸感、不同光線下呈現的色澤、特殊的弧度，有時還有芬芳的味道。那是光與色，與創世神話、故事、回憶交織的多重奏。

狄巴克・喬布拉（Deepak Chopra）曾言：「我們不是偶爾有精神體驗的人類，我們是有人類體驗的精神存在。」妳願意讓一切邂逅於眼前的鳥羽，都成吐納胎息，以自身女體的山川脈動，體驗月亮的情緒潮汐。因為妳就是自然的一部分，由蜂蜜、種子、花瓣構成。靜觀渾融狀態，這狀態讓妳回到詩人帕斯（Paz）未經世界大戰前的童年時光，整個世界和宇宙，都是完整的家園。

當整個外在世界變動不安時，至少，有個收藏可以安放自己、安放故事。

最後妳發現，其實妳不擁有這份收藏，是收藏擁有妳。

畢竟所有的鳥羽，包含妳，都來自大地之母。人生不過百年，鳥的壽命更短，妳與牠們、與自然萬物，一同被大地之母收藏、保護著，最後歸於塵土。

妳願這沉默中打造的一切，不管文字、捕夢網、鳥羽畫、飛羽之花，這些交織的種種可能，都獻給大地之母。願這世上之鳥，不管已消逝、正在消失，活著或死亡，妳希望這世界之樹的捕夢網，是妳為地球上所有的陰性力量編織好的靈魂羽衣，是藥輪。

「In lak'esh，」妳雙掌合十，誠敬地在自然中說出這句話。每當進入李園撿拾鳥羽前，這句話是妳跟眾鳥打招呼、祈請撿羽有好收成的禱文。當馬雅人虔敬地用這句話向彼此打招呼時，意思是：

「你是另一個我。」

國家圖書館出版品預行編目資料

飛羽集 / 伊絲塔著 .—
初版 . - 臺北市：聯合文學，2019.6
264 面；14.8×21 公分 . --（聯合文叢；647）

ISBN 978-986-323-309-1（平裝）

863.55　　108008904

聯合文叢 647

飛羽集

作　　者／伊絲塔
發 行 人／張寶琴

總 編 輯／周昭翡
主　　編／蕭仁豪
資深編輯／尹蓓芳
資深美編／戴榮芝
業務部總經理／李文吉
行銷企畫／邱懷慧
發行專員／簡聖峰
財 務 部／趙玉瑩　韋秀英
人事行政組／李懷瑩
版權管理／蕭仁豪

法律顧問／理律法律事務所
陳長文律師、蔣大中律師

出 版 者／聯合文學出版社股份有限公司
地　　址／(110)臺北市基隆路一段 178 號 10 樓
電　　話／(02)27666759 轉 5107
傳　　真／(02)27567914
郵撥帳號／17623526 聯合文學出版社股份有限公司
登 記 證／行政院新聞局局版臺業字第 6109 號
網　　址／http://unitas.udngroup.com.tw
E-mail:unitas@udngroup.com.tw

印 刷 廠／瑞豐實業股份有限公司
總 經 銷／聯合發行股份有限公司
地　　址／(231)新北市新店區寶橋路235巷6弄6號2樓
電　　話／(02)29178022

出版日期／2019 年6月　初版
定　　價／350 元

臺北市政府文化局主辦第 18 屆臺北文學獎「文學年金」得主

ISBN 978-986-323-309-1（平裝）